MÁS QUE LIBERTAD

LA HISTORIA DE UNA JOVEN LLAMADA
Miriam

MÁS QUE LIBERTAD

LA HISTORIA DE UNA JOVEN LLAMADA
Miriam

DEYSI CUEVAS DE PARRA

Grupo Nelson
Una división de Thomas Nelson Publishers
Desde 1798

NASHVILLE   DALLAS   MÉXICO DF.   RÍO DE JANEIRO

© 2010 por Deysi Cuevas de Parra
Publicado en Nashville, Tennessee, Estados Unidos de América.
Grupo Nelson, Inc. es una subsidiaria que pertenece
completamente a Thomas Nelson, Inc.
Grupo Nelson es una marca registrada de Thomas Nelson, Inc.
www.gruponelson.com

Todos los derechos reservados. Ninguna porción de este libro podrá
ser reproducida, almacenada en algún sistema de recuperación, o
transmitida en cualquier forma o por cualquier medio —mecánicos,
fotocopias, grabación u otro— excepto por citas breves en revistas
impresas, sin la autorización previa por escrito de la editorial.

Nota del editor: Esta novela es una obra de ficción. Los nombres, personajes,
lugares o episodios son producto de la imaginación de la autora y se usan
ficticiamente.
Todos los personajes son ficticios, cualquier parecido con personas vivas o
muertas es pura coincidencia.

Diseño: *Grupo Nivel Uno, Inc.*

ISBN: 978-1-60255-304-0

Impreso en Estados Unidos de América

10 11 12 13 14 WC 9 8 7 6 5 4 3 2 1

Prólogo

ESTA ES LA HISTORIA DE UNA muchacha dulce, humilde y valerosa. De ella han hablado miles pero hasta hoy nadie ha conocido su origen, ni su nombre. Mucho menos su destino.

Nunca empuñó una espada; sin embargo, fue la mejor de las guerreras. Le ganó a la vida. Le ganó a la adversidad.

No era profeta, pero llevó el mensaje de Dios en su propia vida y logró el milagro de la transformación del corazón humano.

Supo mantenerse firme en medio de la adversidad. Supo vencer los sentimientos más viles y poner en su lugar los más nobles y puros.

La capturaron para hacerla esclava pero nunca pudieron esclavizar su espíritu. Ella era libre, verdaderamente libre.

Les invito a conocer a Miriam.

Introducción

LOS HECHOS AQUÍ RELATADOS SE DESARROLLAN alrededor de los años 890 a.C. en medio de los días turbulentos vividos por el pueblo de Dios a causa de sus enemigos.

El reino está dividido. Al sur se encuentra Judá. Al norte, Israel. Lo gobierna el rey Joram, hijo de Acab, en tanto que en Siria lo hace Ben-adad.

Son tiempos difíciles. Los sirios comienzan sus incursiones al reino del norte mediante pequeñas compañías de soldados que atacan por sorpresa los poblados fronterizos causando el pánico entre sus habitantes.

Roban sus cosechas y sus animales dejándolos sin alimento y sin esperanza de un pronto fin de esa dolorosa situación.

Los israelitas intentan vivir una vida normal y tranquila, pero el enemigo, que está al acecho, no los deja.

CAPÍTULO

1

Miriam en casa

El día cae lentamente. Es hora de cenar. Por el camino, a lo lejos, se ve venir una figura. Avanza con paso cansado pero sostenido. Miriam observa con atención. Está segura. Es él. Corre de regreso a casa.

Con voz agitada llama a su madre:

—¡Mamá! ¡Mamá!

—¿Qué pasa, Miriam? ¡Contrólate, hija! Ya no eres una niña para andar a las carreras por todos lados. ¿Qué es tan importante para que llegues gritando de esa manera?

—¡Es que él viene por el camino, mamá! ¡Estoy segura de que es él!

—¿Quién? ¿Quién viene por el camino?

—El profeta, madre. El profeta Eliseo. Lo acabo de ver.

—¿Estás segura? Pensé que vendría recién el mes entrante. No, no creo que sea él.

—Estoy segura de que es él. Lo conozco perfectamente. Y viene solo.

—Bueno, ve, asegúrate bien y luego avísale a tu padre.

Miriam sale nuevamente, corriendo y su madre, como de costumbre, tras ella.

—Pero Miriam, no corras. Camina, hija, camina.

Sólo para complacer a su madre, la muchacha se tranquiliza y vuelve a mirar desde lo alto hacia el valle. Está segura de lo que ha visto. Observa un momento y sí, es Eliseo quien se acerca. Corriendo, se dirige hacia la parte de atrás de la casa. Allí está el padre, cortando la leña que se usará durante la noche.

—¡Papá!, ¡Papá! —grita la muchacha, muy emocionada por la visita que se acerca—. Por el camino viene el profeta.

—¿Eliseo? ¿Estás segura, niña?

—Lo vi, estoy segura que es él. Abajo por el camino, en el valle, Es él, papá. ¡Ah! Y viene solo.

—¿Solo? Eso es aún más extraño. Que Eliseo haga un viaje tan largo y solo. Creo que estás viendo visiones, hijita.

—No, papá; es la verdad. Ven, vamos a ver. Pero corre.

—Está bien, está bien. Vamos a ver, pero no me apures. No tengo tu edad, Miriam.

El padre camina junto a su hija hasta el borde de la colina. Observa detenidamente. Y sí. Hay una figura que se acerca pero él no la puede distinguir muy bien aún. Después de unos instantes, ya no le cabe duda.

—Sí, creo que es él. Tenías razón pequeña. Es nuestro querido Eliseo. Iré a encontrarlo —dice el padre con voz firme—. Dile a tu madre que prepare todo para recibirlo.

Mientras su padre comienza a bajar al valle, Miriam se dirige nuevamente a la casa. Su madre le ordena preparar el cuarto al tiempo que ella saca de las cenizas las tortillas recién cocidas.

Eliseo es una visita ilustre. La familia se siente honrada, pues cada vez que viene a la región se hospeda con ellos. La casa no es grande, pero del otro lado del pequeño patio hay un cuarto. Es el cuarto de Eliseo construido por el papá de Miriam especialmente para él, no obstante que no llega por allí muy a menudo. Vive en Samaria, en el centro del país, por lo que el camino que debe recorrer hasta Dan es largo y agotador.

Dan es un pequeño poblado cerca de la frontera con Siria. La casa de la familia queda en las afueras del poblado, en lo alto de una colina. Desde allí, Miriam puede ver si alguien se acerca por el camino. En estos tiempos y por la ubicación del pueblo, eso es muy importante. Los enemigos de Israel siempre son una amenaza. Pero hoy. Hoy es el hombre de Dios quien se acerca por el camino. La familia está feliz. Los preparativos deben hacerse rápido. Ana quiere que todo esté listo y dispuesto para cuando el profeta llegue.

—¡Pronto, Miriam! —le dice su madre, asomándose al patio—. ¡Apresúrate con el cuarto! La comida está casi lista.

—Sí, madre. Aquí estoy. Ya terminé.

—¿Pusiste todo en su lugar?

—Sí. Hasta una silla para que el profeta se sienta cómodo. Y unas flores. Son pocas, pero puse unas flores.

—¿Flores? No creo que a Eliseo le gusten las flores, hija.

—Tú no lo conoces, madre. Claro que le gustan, son de hermoso color y de exquisito aroma. Alegrarán su cuarto.

—Está bien. Pon el pan en la canasta. Y, por favor, compórtate. No corras mientras Eliseo esté en casa. No entiendo tu costumbre de hacer todo a las carreras. No corras ¿entiendes? ¡No corras!

—Sí, madre, no lo haré, lo prometo. Sabes que lo que me gusta hacer cuando viene el profeta es escuchar sus historias y cómo nos habla de Dios. Debe amarlo mucho. Se nota en sus palabras. ¿Crees que tenga algún nuevo milagro que contarnos? Yo creo que sí. ¡Qué emocionante! Ya quisiera estar escuchándolo.

Miriam es una muchacha bastante inquieta, alegre y vivaz. Es hija única de Rubén y Ana. Tenía un hermano pero murió muy joven a causa de una extraña enfermedad. La familia es pequeña, pero muy unida. En los alrededores viven sus familiares. Tíos, primos. Todos descendientes de la tribu de Dan.

Por fin se sienten los pasos cansados de Eliseo acercándose a la casa. Los hombres conversan y ríen mientras entran en la habitación. Ana toma rápidamente a Miriam como queriendo sujetarla y la pone a su lado. Luego se para con ella en un rincón del cuarto. Eliseo entra y dirige su mirada hacia ellas que hacen una reverencia y bajan la mirada. Eliseo sonríe cálidamente.

—¡Ana! —dice, con un aire de confianza—. ¿Cómo has estado, mi querida Ana?

Se acerca a la mujer, quien sonríe levantando la mirada.

—¡Mi señor, ésta es tu casa! —responde, con gran respeto—. ¡Que alegría recibirte en nuestro hogar! Dios se ha acordado de nosotros enviándonos a su siervo.

—¿Y Miriam? —pregunta Eliseo—. No me digas que ésta es mi querida Miriam. ¡Cómo has crecido! Ya no eres la pequeña niña que salía a recibirme de carreras ¿verdad? ¡Cómo ha pasado el tiempo! Veo que eres una hermosa doncella. Ven acá. Déjame verte. Quiero pedir la bendición de Dios sobre ti.

Miriam siente gran admiración por el profeta. Es el hombre de Dios y lo respeta como tal. Lo ha aprendido de sus padres. Ha sido educada en el temor de Jehová. La familia guarda la ley de Moisés por la que se rige estrictamente. Para ellos, y en especial para Miriam, Eliseo es la voz de Dios que debe ser escuchada; de modo que recibir una bendición de este varón es recibirla directamente de Dios.

Miriam se acerca y saluda al profeta con una reverencia.

—Mi señor. ¡Qué bueno que has venido!

De pie frente a él, inclina la cabeza como esperando que el profeta haga efectivo su ofrecimiento. Eliseo pone su mano sobre la cabeza de la muchacha y con voz profunda pero dulce, pronuncia unas palabras que más que bendición suenan a profecía.

Serás una mujer grande y valerosa. Llevarás alegría y bendición en donde quiera que vayas. La protección del Señor estará sobre ti. Su mano te guardará aún en tiempo de angustia y adversidad.

La voz del profeta se quiebra y lágrimas brotan de sus ojos. Se produce un silencio interminable.

La madre de Miriam le dirige una mirada penetrante. Algo sucede. Lo intuye e intenta descubrir en los ojos de Eliseo lo que el profeta guarda en su corazón. Pero no pregunta. Tal vez sea mejor no saber.

Eliseo procura que el instante pase desapercibido y abraza a Miriam mientras exclama:

—¡Qué alegría verte! ¡Qué alegría verles a todos! Ha pasado tanto tiempo. ¡Qué bueno es estar juntos nuevamente!

Pero Ana es madre y ha guardado en su corazón lo sucedido.

El dueño de casa invita a Eliseo a que se ponga cómodo. Trae agua y con mucho cariño lava los pies de su amigo. Unge su cabeza y deja caer agua en las manos de Eliseo para que éste pueda lavárselas. Rubén considera un honor recibir y atender al enviado de Dios. Pronto todo está listo para comer. Eliseo bendice los alimentos y luego los hombres comen mientras ambas mujeres se dedican a servir. La comida es sencilla, pero amigable. Las tortillas de cebada, el agua y el vino son servidos con afecto y respeto. Mientras los varones comen, Miriam se sienta en un rincón de la habitación. Quiere escuchar; y es que cada vez que Eliseo viene se deleita oyendo de señales y milagros. De enfermos que han sido sanados y muertos que han resucitado. Ella sabe que la voz del profeta es la voz de Dios. Lo sabe bien y guarda en su corazón cada palabra. Está atenta escuchando; no quiere perderse el más mínimo detalle. Esta vez, Eliseo les cuenta sobre los tiempos difíciles que, a causa de la falta de alimentos, se viven en el lado sur de la nación.

—Ustedes son afortunados —les dice—. El hambre azota varias regiones del país, mientras ustedes tienen alimento en abundancia según veo.

—¿Es mucha la necesidad? —pregunta el padre de Miriam, preocupado.

—Sí, pero Dios es fiel y provee para su pueblo. Un día, alguien me trajo pan de las primicias de su tierra. Veinte panes de cebada y espigas de trigo fresco. Y como había tanta necesidad en el pueblo le dije a Giezi que los usara para alimentarlos. Giezi me dijo que era imposible alimentar a cien personas con tan poco, pero Jehová Dios me había dicho que toda la gente comería y que sobraría. Se lo hice saber a Giezi y él comenzó a servir. Todos comieron y al final sobró.

—Alabado sea el Señor —exclama Rubén, emocionado por las palabras del profeta.

La hora avanza rápidamente cuando Eliseo está de visita, de modo que ya es tiempo de dormir. Miriam es la primera en irse a la cama. Pero antes, se atreve a preguntar:

—Mi señor ¿podrías contarnos alguna otra de las experiencias que has vivido últimamente?

Eliseo mira al padre como pidiendo su autorización.

—Si tu padre está de acuerdo, con mucho gusto.

—Por supuesto —replica Rubén–. Yo también quisiera escuchar algo más.

Entonces Eliseo comienza a contarles:

—Cierta vez, una de las mujeres de los hijos de los profetas vino a mí, diciendo: «Tu siervo, mi marido, ha muerto, y tú sabes que tu siervo temía al Señor; y ha venido el acreedor a tomar a mis dos hijos para esclavos suyos». Y yo le respondí: «¿Qué puedo hacer por ti? Dime: ¿qué tienes en tu casa?» Y ella me respondió: «Tu sierva no tiene en casa más que una vasija de aceite». Entonces le dije: «Ve, pide vasijas prestadas por todas partes de todos tus vecinos, vasijas vacías; reúne todas las vasijas que puedas. Luego entra en tu casa y cierra la puerta detrás de ti y de tus hijos, y echa el aceite en todas esas vasijas, poniendo aparte las que estén llenas». Entonces la mujer hizo todo lo que yo le ordené y cuando hubo juntado todas las vasijas, cerró la puerta tras sí y de sus hijos; y ellos traían las vasijas y ella echaba el aceite. Llenaron una, y otra y otra... Y sucedió que cuando las vasijas estuvieron todas llenas, dijo ella a un hijo suyo: «Tráeme otra vasija». Y él le dijo: «No hay más vasijas». Y cesó el aceite. Después de esto, ella misma fue quien vino para contarme lo que había sucedido con el aceite. Así que le dije: «Ve, vende el aceite y paga tu deuda, y tú y tus hijos podrán vivir de lo que quede». ¿Qué te parece Miriam? Tenemos un Dios poderoso. Él no abandona a sus hijos. Si ponemos en él nuestra confianza, él nos sustentará y obrará en nuestro favor. Ahora creo que podrás ir a la cama ¿verdad?

—Sí mi señor. Muchas gracias por compartir con nosotros tus historias. Son maravillosas.

—Dios te bendiga, Miriam. Que descanses.

Miriam, está muy emocionada con la visita de Eliseo. Ha escuchado de tantas cosas sobrenaturales que su corazón parece salírsele del pecho. Jehová Dios tiene todo poder. Él es el único Dios verdadero. Miriam lo tiene muy claro.

Los hombres salen para caminar y charlar un poco. La noche es clara y una caminata viene bien para dos amigos que no se veían desde hacía tiempo.

—¿Cómo ha estado todo por aquí? —pregunta Eliseo a Rubén.

–Ha sido difícil, cada día es incierto. Vivimos en la frontera. Bandas armadas aparecen repentinamente y se llevan todo lo que está a la mano. Son soldados del ejército sirio. Llegan y exigen alimentos. Hasta ahora sólo han robado comida. Pero mis hermanos sienten temor. Temen por sus hijos y sus mujeres. No es fácil vivir así. Siembras, cosechas y mueles el trigo con tanto esfuerzo para que otros coman tu pan. Se llevan nuestras ovejas y golpean a quien se cruce en su camino. Ruego a Dios cada día que esto termine. Pero, ¿cuándo, Eliseo? ¿Cuándo Jehová, nuestro Dios se acordará de nosotros?

—Él tiene memoria, Rubén. Él sí se acuerda y no dejará sin castigo al que comete injusticia o sin recompensa al que hace el bien. Dios es justo, amigo mío. Que tu fe no decaiga. Dios no se olvida de sus escogidos.

—Eso espero, Eliseo; eso espero.

Los hombres continúan su plática. Y Rubén pregunta:

—Pero dime ¿a qué se debe tu visita esta vez?

–Dios me ha enviado. Él me ha revelado lo que sucederá en poco tiempo y debo comunicártelo. He venido a verte por eso. Vendrán tiempos aún más duros para ti y para Ana, Rubén. Pero debes permanecer firme. Ten confianza. Nuestro Dios no se olvidará de la aflicción de tu corazón. Pensarás que todo habrá terminado pero no será así. La aflicción durará sólo un tiempo y pasará. Y recibirás recompensa por tu fidelidad.

–Pero, ¿de qué se trata? ¿Es Miriam? Se trata de ella, ¿verdad? Es por eso que tu voz se quebró cuando estabas bendiciéndola. Es ella, algo le sucederá a mi querida hija.

—Tranquilo, Rubén. No daré más detalles sobre el asunto. Pero sí te puedo asegurar que Dios tiene un propósito con Miriam y no permitirá que ese propósito deje de cumplirse. Debes estar tranquilo y confiar.

Miriam en casa

Mientras Eliseo y Rubén continúan hablando, Ana se asoma tímidamente a la puerta. No puede oír la conversación, pero en su corazón lo sabe. Eliseo ha venido por algo. Es muy extraño que adelantara tanto su viaje. Algo sucederá, ¿pero qué?

Ana regresa a la casa y se dirige a la cama donde Miriam duerme plácidamente. Y hasta sonríe. Es tan alegre, y su alegría se transmite aún cuando duerme. Ana se recuesta a su lado y la abriga con cariño. La aprieta contra su pecho como intentando retenerla. Parece darse cuenta de que algo sucederá y está relacionado con su pequeña.

Mientras la abraza firmemente, las lágrimas ruedan por sus mejillas y susurra: «Jehová, Dios mío, es tuya. Me la has prestado solamente. Es tuya. No importa lo que venga por delante, Miriam es tuya, mi amado Padre, solo dame las fuerzas para enfrentar lo que nos depare la vida».

Ora hasta que se duerme junto a su hija. Eliseo ya se ha retirado a su aposento y Rubén entra en la casa. Intentarán descansar a pesar de lo hablado anteriormente. Rubén se dirige a la cama de Miriam. —Mira con ternura a su hija y a su esposa. Ambas duermen aferradas la una a la otra. Decide dejarlas dormir. Tal vez sea mejor que ella ignore lo que Eliseo le ha dicho. Es mejor dejarla descansar y disfrutar de su pequeña.

Rubén procura dormir. Pero con las noticias que ha traído Eliseo le resulta muy difícil conciliar el sueño. Su clamor es uno: «Dame fuerzas, Señor. Dame fuerzas».

Eliseo se queda en casa de la familia solamente por dos días. Tiene que regresar a Samaria lo antes posible. Lo despiden con cariño. Han sido dos días llenos de alegría.

—¿Cuándo regresarás? —pregunta Rubén.

—No lo sé. Hay muchas cosas que atender en Samaria. Ya veremos lo que Dios nos ordena hacer.

—Gracias por venir, padre mío.

—Espero que recuerdes mis palabras, Rubén. Sé fuerte y fiel a nuestro Dios. No permitas que tu fe decaiga.

Eliseo ya está listo para emprender el viaje. Rubén llama a su esposa y a su hija, las que se presentan ante Eliseo. Ana trae algunos panes de cebada para que el hombre de Dios lleve para el camino.

—Hasta pronto, mi señor —dice Ana—. Espero que regreses pronto.

Eliseo la mira con respeto y admiración mientras dice:

—Que el Señor sea contigo, Ana. Que su mano de bendición repose sobre tu vida. Agradezco tus atenciones. Dios te recompense en gran manera. Y dirigiéndose a Miriam, le dice: «Nunca olvides que Dios está contigo. Él no te dejará ni te desamparará. Dios es fiel, mi querida niña. Dios es fiel. ¡No lo olvides!»

Eliseo emprende el viaje de regreso a Samaria. Miriam y Ana se quedan paradas en lo alto para ver alejarse al profeta. Rubén lo acompaña por algunos kilómetros. Es una forma de expresarle su gratitud y amistad.

CAPÍTULO

2

La separación

EL DÍA ES CLARO, EL SOL brilla en todo su esplendor, es cerca del mediodía. Ana le ha pedido a Miriam que vaya por agua al pozo. La muchacha, llega a casa, como siempre, corriendo.

—¡Mamá! ¡Ya llegué con el agua!

—Gracias hija, pero imagino que la jarra viene sólo hasta la mitad. La otra mitad debió quedar en el camino, con tanta prisa que traes.

La muchacha regala a su madre la mejor sonrisa como respuesta a la reprimenda y le dice con mucha humildad:

—Mamá ¿puedo ir a casa de Rebeca? Sólo para charlar un rato.

—Tu padre regresará pronto. Y sabes que a él le gusta que comamos juntos.

—Te prometo que no me tardaré.

Ana lo piensa un momento y responde:

—Mmm... Está bien. Pero regresa a tiempo para comer. No nos hagas esperar.

—Gracias, mamá.

—Dale mis saludos a la madre de Rebeca.

—Lo haré.

La muchacha, ya quiere salir corriendo, pero Ana la detiene.

—Un momento, ven acá, dame un abrazo.

Miriam corre a los brazos de su madre. Ambas se funden en un gran abrazo. Ana aprieta a su pequeña contra su pecho como queriendo retenerla de alguna forma. Su corazón de madre presiente lo inevitable.

—Te amo hija, no lo olvides, te amo –le dice, emocionada.

—Yo también, madre –contesta Miriam—. Te amo. Pero ya me voy. ¡Nos vemos pronto!

—Cuídate, hijita. Ah. Y no corras.

–Está bien, mamá. Será solo un momento en casa de Rebeca. Regresaré pronto.

Miriam se aleja corriendo. Ana la mira hasta que desaparece de su vista. Es una mujer, pero aún una niña. Y para Ana siempre será su pequeña.

Todo parece tranquilo, pero de pronto se oyen gritos afuera. La gente corre de un lado a otro.

Es otra de las incursiones de los soldados sirios.

Alguien pasa por las calles corriendo y gritando:

—¡Todos a sus casas! ¡Corran, corran!

Se oyen voces varoniles. Ana sale presurosa. Su hija. Miriam no está en la casa. Ya ha salido. Oh Dios, espero que esté con Rebeca, piensa, angustiada.

Rubén, entra corriendo a la casa.

—¿Dónde está Miriam?

—Con Rebeca, debe estar con ella.

Ana lo presiente, corre a los brazos de Rubén y vuelve a repetir como suplicando:

—Tiene que estar con ella. ¡Dios mío! ¡Que esté con ella!

Ana llora. Rubén sale corriendo para buscar a su hija.

Los soldados van y vienen en sus cabalgaduras. Se oyen gritos por todos lados. Esta vez no sólo roban comida. Ahora están tomando prisioneros, en especial gente joven, muchachos y jovencitas. Seguramente quieren esclavos. La desesperación hace presa de todos. Rubén corre sin rumbo en medio de la confusión. De pronto, entre tantos gritos, oye la voz de su Miriam:

—¡Papá! ¡Ayúdame, papá!

Rubén mira a todos lados, la angustia lo enloquece.

Oye a Miriam nuevamente, pero no sabe de dónde vienen sus gritos:

—¡Papá, papá!

Da vueltas y ve a un soldado en su caballo persiguiendo a Miriam. La muchacha corre con todas sus fuerzas, pero el caballo es más veloz. El soldado se inclina, la toma de sus ropas, la alza y se la lleva. Un grito de desesperación sale no sólo de la garganta de Rubén, sino de su propio corazón.

—¡Miriam, hija mía!

Su corazón se destroza en un segundo. Oye a sus espaldas un grito desgarrador:

—¡Miriam!

Es Ana quien, en ese momento, cae al suelo. Desfallece a causa de la angustia. Rubén corre y la toma entre sus brazos. Ana está inconsciente. Rubén llora desconsolado mientras ve, impotente, cómo se llevan a su hija.

—¡Dios mío! No nos dejes, no la dejes, Dios.

En su mente resuenan las palabras de Eliseo: «Ten confianza. La aflicción durará un tiempo, pero pasará».

—¡Dios! –grita con angustia—. ¿Cómo es posible que ocurra una aflicción tan grande? ¡Dios! ¡Ayúdame! ¡Ayúdame, Dios mío!

Luego de un largo rato llorando, con su esposa en el suelo y haciendo un gran esfuerzo, Rubén se levanta. Sin embargo, aunque físicamente se ha puesto de pie, su espíritu sigue postrado. Toma a Ana entre sus brazos y la lleva dentro de la casa. La pone sobre la cama y cae, rendido por el dolor. La angustia es grande. Sólo le queda confiar en que Miriam estará bien. En que su Dios cuidará de su pequeña.

Ana duerme. Parece no querer despertar a la realidad. Rubén la cuida durante horas. No se aleja de su lado ni por un minuto. Sabe que tiene que estar ahí cuando despierte pues lo va a necesitar.

Ya es de noche. Ana abre los ojos. Su mirada parece perdida. Mira a su alrededor como intentando recordar.

—¿Qué pasó? ¿Por qué estás ahí? ¿Miriam? ¿Dónde está Miriam?

De pronto, lo recuerda todo y vuelve a gritar, desesperada:

—¡Miriam! Se llevaron a Miriam. ¡Ve a buscarla, Rubén! ¡Se llevaron a nuestra niña!

Ana siente que su vida se destroza. El dolor es profundo. Parece venir desde las entrañas. Ya perdió a un hijo. Y ahora, a su hija.

—¿Por qué, Dios mío? ¿Por qué este castigo tan grande?

—Tranquila —le dice su esposo, ya resignado.

La abraza, la aprieta contra su pecho y agrega:

—No podemos hacer nada. Ya deben ir camino de Siria. Oremos Ana, sólo oremos por nuestra hija. Dios no la abandonará. Estoy seguro de eso. Dios no dejará a nuestra pequeña. Eliseo lo dijo. Dios la cuidará. Él tiene un propósito para ella. Confiemos.

Pero el dolor de Ana es demasiado grande. Grita, llora y se desespera. Pasarán días, semanas, meses y el dolor seguirá ahí. Le han quitado lo más preciado. Le han quitado a su pequeña, a su hija única.

Rubén mira alrededor como buscando la ayuda de alguien, pero están solos. Ahora solo se tienen el uno al otro. No hay amigos ni familiares que puedan consolarlos. Todos tienen algo que lamentar.

A algunos, les han arrebatado hijos; a otros, algo de sus bienes. Cada familia llora y eleva una oración buscando descanso para el alma afligida. En casa de Rubén y Ana el dolor es intenso, pero ellos confían. Dios les ha enviado una palabra. Todo pasará. Rubén mira a su esposa y repite el mensaje traído por el profeta:

—Ana, querida. Todo pasará. Eliseo nos lo dijo. Confía en Dios. Él no nos ha abandonado. Estará con Miriam en donde quiera que ella esté. Tu hija no está sola, Ana. Confía en tu Dios.

CAPÍTULO

3

Lejos del hogar

Los soldados se han llevado jóvenes de varios poblados. El viaje durará a lo menos unos cinco o seis días. Los soldados viajan en sus caballos, pero a ellos los obligan a caminar.

Miriam no deja de llorar. Asustada, mira a su alrededor. A unos diez metros, le parece distinguir a alguien conocido. Sí, es su primo Eliel. También él ha sido hecho prisionero.

Oscurece. No han comido en todo el día. Están exhaustos. Rendidos por el cansancio, rendidos por el temor, rendidos por el dolor de haber sido separados de los suyos en forma tan violenta. Saben que no pueden esperar nada bueno. Seguramente serán vendidos como esclavos u obligados a hacer trabajos pesados.

Miriam se desploma. Es demasiado el cansancio. Un soldado se acerca y le grita:

—¡Levántate! ¡Levántate te digo!

Es entonces cuando Eliel alza la cabeza y se da cuenta que es Miriam. No sabía que ella estaba también en el grupo. Se interpone entre el soldado y Miriam y dice:

—¡Permítame levantarla! Yo la ayudaré a caminar.

El soldado le hace una seña como autorizándolo a acercarse a la muchacha. Eliel corre al lado de su prima.

—Miriam, aquí estoy. Vamos, levántate. Caminaremos juntos.

El joven la toma delicadamente y comienza a caminar con Miriam apoyada sobre su hombro.

—No sabía que estabas en el grupo —le dice—. Venía tan angustiado que ni siquiera me ocupé de mirar a mí alrededor.

—Yo te vi. Pero tuve miedo de hablarte.

En ese momento el soldado se acerca y, dirigiéndose a Eliel, le dice:

—Sólo te permití ayudar a la muchacha a caminar; no a hablar con ella. Si no se callan los tendré que separar.

Los jóvenes guardan silencio. Muy pronto, la caravana se detiene para pasar la noche. Los soldados ponen a todo el grupo junto, vigilado constantemente por dos o tres soldados. El resto se dedica a comer, a reír y a celebrar. A los cautivos les ofrecen agua y un trozo de pan. Es todo lo que comerán aquel día.

Miriam le habla a Eliel muy quedamente, evitando que los soldados la escuchen:

—Eliel, mira allá. Es Bhila. Ella también está entre los prisioneros. ¿Nos habrá visto?

—No lo creo. Intentaré acercarme a ella para hablarle.

El joven se desliza lentamente entre los demás hasta que llega al lado de Bhila.

—Bhila, soy yo, Eliel. ¿Estás bien?

—Oh, Eliel! ¿Tú también? Estoy aterrorizada. Tengo miedo de que los soldados nos hagan algún daño. Creo que todo estará mejor cuando lleguemos a Damasco. Espero que allá no estemos a merced de estos delincuentes vestidos de uniforme.

—Tranquila. Todo estará bien. Miriam también ha sido capturada por los soldados, ella está allá, del otro lado del grupo.

—¡Pobrecita, es tan joven! Espero que pueda soportar todo esto. Lo más probable es que en Damasco nos vendan como esclavos.

Al día siguiente, el viaje continúa. Los jóvenes caminan y caminan hacia un destino incierto, hacia un futuro que se ve tan oscuro como oscura es la noche.

Después de cuatro días de agotadora caminata, la compañía de soldados llega a Damasco, la capital de Siria. Los soldados van orgullosos por lo que para ellos ha sido un gran logro: llegar con cautivos israelitas.

Los encierran en una especie de calabozo oscuro, frío y maloliente. Nadie sabe lo que pasará. Miriam tiene mucho miedo aunque no deja de dar gracias a Dios porque al menos no está sola. Está Eliel, su primo hermano y Bhila, una de sus amigas.

Bhila es mayor que Miriam. Su madre murió al ella nacer. Su vida no ha sido fácil. Su padre falleció hace ya varios años a causa de una grave enfermedad.

Eliel también es mayor que Miriam. Es hijo de un hermano de Rubén. A los demás cautivos, Miriam no los ha visto antes. Seguramente los han traído de otros lugares.

Miriam ha llorado durante todo el viaje. Ahora ya no llora pero siente miedo, mucho miedo. Se pregunta qué le deparará el futuro. ¿Volverá a ver a sus padres? ¿Podrá algún día regresar a casa? Son muchas las preguntas que asaltan su mente. Pero no hay respuestas. Por ahora, todo es incierto para ella y para sus compañeros.

—¡Bhila! —susurra Miriam—. Tengo miedo. ¿Qué nos harán? ¿Crees que nos maten?

—Claro que no —interrumpe Eliel, sentándose al lado de su prima—. Ven acá.

La abraza cálidamente.

—Nada nos va a suceder ¿entiendes? Nada que Dios no lo permita.

—¿Dios? ¿Ha permitido Dios que esto tan terrible nos esté sucediendo? ¿Por qué?

La muchacha llora desconsoladamente. Eliel intenta dar una explicación a algo que ni siquiera él puede entender. Miriam, como suplicando, dice:

—¡Quiero irme a casa! ¡Quiero irme a casa! Dios ¿por qué has permitido que ocurra esto?

—Miriam —le dice Eliel—. Yo no conozco los propósitos que Jehová nuestro Dios tiene. Pero sé que hay uno. Hay uno para ti, uno para Bhila y uno para mí. Dios tiene un propósito para nuestras vidas. ¿Recuerdas la historia de José, el hijo de Jacob? Fue llevado prisionero a Egipto. Estaba solo. Sus propios hermanos lo vendieron. Lo vendieron como esclavo. Lo encarcelaron injustamente. Pero en todo eso Jehová, nuestro Dios estuvo con él. Recuerda que llegó el día cuando lo llevaron ante Faraón y este lo nombró gobernador de todo Egipto y gracias a eso, nuestros padres se salvaron de morir de hambre. Dios proveyó para Jacob y para todos sus hijos a través de la vida de José.

La muchacha continúa llorando y entre lágrimas dice:

—¡Pero eso no pasará con nosotros!

—Tal vez, al igual que José, debamos pasar por tiempos difíciles. Pero debemos confiar en el plan divino. No tengas temor Miriam, vamos a estar bien. Dios cumplirá su propósito en nuestras vidas, tal y como lo hizo con José.

Bhila se acerca a Miriam y le toma sus manos.

—Yo también creo que estaremos bien. Demos gracias a Dios pues estamos juntos; y oremos, oremos para que no nos separen. Dios escuchará nuestro clamor.

Los tres jóvenes se abrazan. Las muchachas se sienten seguras junto a Eliel. El joven saca fuerzas de debilidad y aunque siente gran temor, especialmente por su prima, eleva una oración a Dios: «Dios de Abraham, de Isaac y de Jacob. Honramos tu nombre. No entendemos lo que nos toca vivir pero te damos gracias por permitir que estemos juntos. Te rogamos que obres a nuestro favor. No permitas que nos separen. Tú, que sacaste a José de la cárcel para ponerlo en eminencia, líbranos a nosotros de este gran mal y cumple tu plan en nuestras vidas. Esperamos en ti, Señor».

De pronto se escuchan ruidos que vienen de afuera.

—Shhh, ¡Escuchen! —dice Miriam–. Alguien viene. Dios mío. Confío en ti, Señor. No nos dejes, no nos dejes, por favor.

La puerta se abre repentinamente. La fuerte luz que entra les impide ver claramente, pero pueden distinguir a un soldado.

—¡Todos de pie! —les ordena—. ¡De pie, he dicho!

Todos se paran. Miriam no se aparta de Bhila.

—Todos los que vienen de Dan hagan una fila —dice el soldado—. ¡Síganme!

Los hace caminar por un pasillo largo y oscuro. Al final, se ve luz. Llegan a un pequeño espacio abierto y el soldado grita:

—Párense aquí, en el centro. Mi general vendrá a verlos.

Ponen a todo el grupo al medio de un pequeño patio. No son muchos, pero todos son muy jóvenes. Están aterrorizados. Pronto otro soldado se acerca. Parece importante, pues le sigue un pequeño pelotón. Todos lo tratan con mucho respeto. El hombre rodea a los cautivos mirándolos atentamente. Parece estar muy disgustado.

Mientras camina, dirige su mirada a los soldados.

—No sé de dónde sacaron que debían traer prisioneros. ¡No necesitamos prisioneros! –les grita, malhumorado–. Son más bocas que alimentar. ¿Quién dio la orden de traer prisioneros?

Los soldados callan. Nadie se atreve a contestarle. Parece que todos le temen. Al no obtener respuesta, insiste, furioso:

—¡Pregunté quién dio la orden de traer prisioneros!

—Fui yo, señor -responde, temeroso, uno de los soldados.

—Quiero recordarle, soldado, que somos el ejército sirio. No somos una banda de ladrones. Y quiero que nunca olvide que este ejército sólo recibe órdenes de una persona. De Naamán, el general del ejército del rey. ¿Lo ha entendido?

—Sí, señor. Lo he entendido.

—Muy bien, ahora, retírese de mi vista. Quedará confinado a hacer tareas de limpieza por los próximos cinco meses.

—Cómo usted ordene, mi general -dice el hombre y, cabizbajo, hace abandono del lugar.

Miriam está impresionada. Ahora siente mucho más miedo que antes. El general vuelve a dar una orden:

—Mañana mismo envíenlos a todos al mercado. Serán vendidos como esclavos. El ejército no puede hacerse cargo de ellos. Y no quiero más errores como éste. ¿Está claro?

—Sí, señor.

El general, que es un poco extraño, a Miriam la asusta. Está a punto de irse, pero regresa. Los mira nuevamente y se detiene en Miriam.

—¿Qué edad tienes, muchacha?

—Quince años, señor.

Miriam siente que sus piernas ya no son capaces de sostenerla en pie.

—¿Sabes cocinar?

—Sí, señor.

—¡Llévala a mi casa! —dice, dirigiéndose a uno de los soldados—. ¡Ahora mismo! Preséntala a la cocinera.

Luego se retira a paso firme. Los soldados parecen volver a respirar cuando el general se aleja. Unos a otros se recriminan y se responsabilizan por haber traído prisioneros.

A Miriam la separan del grupo. Mira a su primo y a Bhila. No es capaz de decir nada pero sus ojos se llenan de lágrimas. Irá a dar a casa de aquel soldado. ¡Y quedará sola! Tal vez no vuelva a ver ni a sus amigos ni a su familia.

—Tranquila —le dice Eliel—. Confía en Dios.

De inmediato es llevada a casa del general. Eliel la ve alejarse con mucha preocupación. Para quienes no la conocen, su prima es ya una mujer pero él sabe bien que no es más que una niña, inocente y muy sensible. Pero tendrá que crecer. Será necesario hacerse fuerte para enfrentar todo lo que venga.

Miriam, camina presurosa tras el guardia. Él en su caballo, ella, con sus manos atadas a una soga. Las cosas no podrían estar peor. El rumbo de su vida ha cambiado bruscamente. Ayer era la niña mimada de sus padres. Hoy es una esclava. Ayer lo tenía todo; hoy no tiene nada; ni a nadie.

La casa del general queda fuera de la ciudad y es bastante grande. Miriam nunca había visto un lugar así. El soldado la deja esperando afuera. El jardín es impresionantemente bello y grande. Muy grande. Lleno de flores y estatuas extrañas. Hay césped, mucho césped. Miriam lo observa todo. A ella siempre le han gustado la hierba fresca y las flores. Pero con tristeza, nada parece hermoso. Hoy para ella todo es gris, lúgubre y opaco.

De pronto, se asoma una mujer. Luce bastante alta y fuerte. Su semblante es serio. Parece muy malhumorada. Mira a Miriam de pies a cabeza y con desprecio pregunta:

—¿Esta es la muchacha?

Deja escapar una fuerte carcajada.

—Dije que necesitaba una ayudanta, no a una aprendiz. No estoy para enseñar a cocinar a una niña. Necesito a una mujer fuerte no a una muchachita. Esta no me sirve, así es que pueden llevársela. No la quiero.

Al ver que el soldado no hace amago de retirarse, le grita:

—Dije que no la quiero. ¿No me oíste, soldado!

Este replica:

—Sí, te oí, mujer, pero se da el caso que quien me ordenó traerla fue el propio general.

—Pues yo no la quiero. Dije que necesito una mujer fuerte y que sepa cocinar ¿Entiendes?

Mientras se produce este diálogo, Miriam mira para todos lados. Está muy asustada. Entonces se escucha una suave voz que viene desde dentro de la casa. Detrás de esa voz, aparece una dama bien vestida y de hermoso parecer. Sus ojos son grandes y su mirada es amable. Es la esposa del general.

—¿Qué pasa? —pregunta al soldado—. ¿Por qué tanto alboroto?

—Es que mi general me ordenó traer a esta muchacha. Dijo que serviría para la cocina. Pero esta mujer no quiere dejarla. Si la llevo de regreso, mi general se enfadará.

—¿Quién es la muchacha? –pregunta la dama.

—Forma parte de un grupo de prisioneros que trajimos de Israel —explica el soldado–. Mi general está muy enfadado, mi señora. No puedo llevar a la muchacha de regreso.

—Pero mi señora —replica la cocinera—. Pedí a una ayudanta y mire lo que me traen. Es sólo una niña. ¿Una niña para la cocina? ¡No puede ser!

La mujer vuelve a echarse a reír.

La dama mira con ternura a la muchacha y le pregunta:

—¿Cómo te llamas?

—Miriam, señora.

—¿Qué edad tienes, Miriam?

—Quince años, señora.

Por unos segundos, la señora la observa. Sus ojos son grandes y dulces aunque un poco tristes. Miriam siente gran temor de todos los que la rodean. Pero esta mujer provoca paz en ella. Luego de un rato de silencio, dice:

—Te quedarás.

—Pero, señora —dice la cocinera.

—Se quedará, he dicho. Y no en la cocina. Aún no sé para qué. Pero se quedará —y en seguida, llama a alguien hacia dentro de la casa.

—¡Lina!

Aparece una joven bastante seria.

—Hazte cargo de esta muchacha.

—Sí, mi señora —responde Lina, haciendo una reverencia.

La señora entra en la casa.

Por lo menos ahora Miriam sabe que se quedará allí. Aún no conoce a quienes serán sus amos pero se siente un poco más tranquila. La señora parece amble aunque el general se ve muy estricto y autoritario.

—¿Cuál es tu nombre, muchacha? —pregunta Lina

—Miriam, señora.

—A mí no me digas señora. Mi nombre es Lina. Puedes llamarme así. Pero nunca olvides que aquí yo estoy al mando, ¿entiendes? Yo trabajo en esta casa. Tú eres una simple esclava. No lo olvides y no tendremos problemas. Ahora entra, te llevaré al lugar de la servidumbre. Tienes que bañarte y ponerte ropa limpia.

Miriam, asiente con la cabeza y, sumisa, sigue a Lina. En su garganta hay un nudo. Pero intenta ser fuerte. Aunque a veces las lágrimas se le escapan sin permiso.

—¿De dónde vienes? —le pregunta Lina mientras prepara el agua para el baño.

—De una pequeña ciudad llamada Dan. Está en la frontera con Siria.

—Debes tener mucho miedo ¿verdad?

Miriam siente que el nudo le sube casi hasta la boca. Su voz apenas se escucha pero logra responder con gran esfuerzo:

—Sí, tengo miedo.

Dos lágrimas ruedan por el rostro de la muchacha quien lucha contra sus deseos de llorar a gritos.

—Te entiendo —dice Lina—. Créeme que te entiendo.

Lina sigue con sus quehaceres. Parece una mujer dura pero sensible a la vez. No sonríe mucho y habla con voz firme. Cuando todo está listo, ordena a Miriam entrar al agua; pero antes, le dice:

—Has tenido suerte en llegar a esta casa. Escuché que a los demás mañana los llevarán al mercado. Eso no es bueno, muchacha. Allí los comprarán como esclavos para hacer trabajos duros. No será fácil para ellos, pero tú, tú has llegado a una buena casa. A la casa de Naamán, el general del ejército de Siria. No sé qué labor te irá a dar la señora Najla. Pero nada de lo que tengas que hacer aquí se comparará a los trabajos que tengan que hacer los otros. Agradece a tus dioses, niña. Seguramente extrañas a tu familia. Pero es lo que te ha tocado vivir. Sé fuerte y obediente y no tendrás problemas en esta casa. Ahora báñate y ponte la ropa que está sobre aquella silla. Luego comerás algo. Tienes que alimentarte; y por la cara que tienes, de seguro que nos has probado bocado por un par de días. Anda, métete al agua.

Una vez vestida, Lina lleva a Miriam a la cocina. Allí está la mujer grande que la mira con desdén.

—No le temas —le dice Lina—. Ella grita y reclama por todo. Pero no le hace mal a nadie. Solamente déjala hablar. Nunca le respondas y te tratará muy bien a la hora de comer.

Sobre una rústica mesa ya está servido un plato de comida caliente. Miriam mira el plato, pero no siente hambre. Lina se sienta a su lado y le dice con firmeza.

—¡Ya te dije que aquí las órdenes las doy yo! Y tú, vas a comer aunque no te guste. Para trabajar hay que estar fuerte, así que come todo lo que está en ese plato. La comida no tiene la culpa de lo que te está sucediendo.

Miriam la mira asustada y en silencio comienza a llevarse la comida a la boca. Poco a poco. Para ella, cada bocado tiene un sabor amargo. No hay deleite cuando el dolor se ha apoderado del corazón.

Lina no se separó del lado de Miriam hasta que esta terminó de comer.

La mujer parece mala pero no lo es. Sólo es un poco estricta. Lo que en verdad quiere es que Miriam se alimente. Y que no flaquee ante las circunstancias.

Aquella noche, Miriam tuvo que compartir el cuarto con Lina. Y lloró hasta que la venció el sueño. Lina escuchaba sus sollozos, pero la dejó. «Tal vez le haga bien desahogarse», pensó.

A la mañana siguiente comienza para Miriam una nueva vida. Lina la despierta temprano para que inicie sus labores.

—Muy bien, jovencita —le dice—. Hoy es un nuevo día. Quiero que te levantes.

Miriam se viste rápidamente. Aquella mañana, ayuda a Lina en todos sus quehaceres. Ella sabe bien cómo hacerlo. Siempre ayudaba a su madre. De a ratos y cuando puede esconderse en algún rincón, llora.

—Mamá —dice en silencio—. Te extraño tanto.

Cada vez que Lina la descubre llorando, le habla con firmeza:

—Vamos muchacha, deja esos lamentos y trabaja. Las lágrimas no van a cambiar tu realidad.

Ese día, Miriam tiene que servir la mesa de sus amos pero sólo está Najla, la esposa de Naamán quien come sola. Para Miriam aquello le parece extraño. Una mujer sola, en un cuarto tan grande y con una mesa tan llena de alimentos, pero sola al fin. Debe ser triste, piensa ella, acostumbrada a compartir los alimentos con su familia. Y siente lástima. La señora le hace algunas preguntas a las que Miriam contesta muy prudentemente. No quiere cometer errores. Lina le dijo que era afortunada de estar en esa casa. Es mejor que todo salga bien.

Más tarde, Miriam y Lina almuerzan juntas en la cocina. Mientras están comiendo, la cocinera sale. Le han traído la ayuda que necesitaba. Después de un rato entra mal humorada y hablando entre dientes:

—¡Qué le vamos a hacer! Si no hay algo mejor habrá que conformarse.

Luego, mira a Lina y le dice:

—Por fin me han traído a una muchacha que me ayude en la cocina. La dejé bañándose. Las criadas le pondrán ropa limpia. Luego ves donde la haces dormir.

—Dormirá con las demás criadas —contesta Lina–. Hay suficiente espacio para una más.

—¿Y ella? —pregunta la cocinera indicando a Miriam.

—Se queda en mi cuarto. Ya veré más adelante qué hacemos con ella. La señora tiene que designar sus labores.

—¿Y por qué tantos privilegios para la niña? —dice, como burlándose.

Lina sólo la mira. Ni siquiera se da el trabajo de contestarle. Miriam puede sentir el rechazo de la mujer. Esto la preocupa pero no puede dejarse amedrentar. Lina se lo ha dicho ya.

En seguida, se dirige a Miriam y le dice:

—Después de comer, te presentarás con la señora. Dijo que quería que le ayudes en algunas cosas. Yo te voy a llevar donde ella. Cuando termines y ella te lo indique, regresas aquí, a la cocina, para que me ayudes a servir la cena. Ahora, date prisa y come. Ya te dije que debes comer todo lo que está en tu plato.

Esa tarde, Miriam es llevada ante la señora de la casa. Lina las deja solas. Najla, está bordando. Miriam piensa en su mamá. Ella solía bordar.

—¿Sabes bordar?

–Un poco, señora. Mi madre…

Se produjo un silencio. Miriam, tuvo que tragarse el nudo que se le hizo en la garganta, pero continuó:

—Mi madre solía bordar.

Najla se da cuenta, pero decide no darle importancia. Sabe que la muchacha debe estar sufriendo mucho. Le extraña que hayan traído una esclava tan joven. Es apenas una niña. Siente gran compasión por ella. Le dice con ternura:

—Entonces debes saber desenredar los hilos. Ven, siéntate aquí.

Le indica un pequeño banco cerca de ella y le pasa un canastillo lleno de hilos de bordar de todos colores.

—¿Puedes ayudarme a desenredarlos?

—Sí señora, creo que sí.

Comienza a desenredar en silencio. El lugar es agradable. Es una habitación grande. El sol entra por un gran ventanal. Se puede ver el jardín. De vez en cuando siente la mirada de Najla quien sonríe cada vez que Miriam la mira. Miriam no está feliz pero al menos comienza a encontrar un poco de paz. Puede sentir la calidez de la mujer y a lo menos siente la seguridad de no estar en peligro. Después de un par de horas de trabajar en silencio, la señora dice:

—Bueno. Es todo por hoy. Ya no bordaré más. Estoy muy cansada. Puedes regresar a ayudar a Lina. Pero mañana espero que vengas a ayudarme.

—Muy bien, señora. Con su permiso.

Y se retira. Camina despacio. Le parece oír a su madre diciéndole no corras. Además, la casa es grande. Miriam no la conoce bien por lo que debe ir con calma para recordar donde está la cocina. Por fin, da con ella. Abre la puerta con timidez esperando encontrar a Lina. Aún siente mucho miedo de la mujer grande. Pero al entrar, una gran sorpresa la espera. Ahí está Bhila como si la estuviera esperando.

—¡Bhila!

Y corre a los brazos de su amiga.

—¡Estás aquí! ¡Gracias Dios! ¡Gracias, Señor! ¡Sabía que no me dejarías, Señor!

—Miriam –dice Bhila, sonriendo–. No sabía que estabas aquí. ¿Estás bien?

—Sí, estoy bien. No te preocupes. La señora de la casa parece buena. Y la que está a cargo de todo, aunque es bastante estricta, no es mala. Solo muy exigente. La que me da mucho miedo es la cocinera. Cuando me mira parece odiarme. Eso me asusta.

—Espero no tener problemas con ella —dice Bhila, quien sabe que deberá trabajar en la cocina—. Pero, qué bueno es estar juntas. Así nos podremos acompañar.

Miriam, hace una señal de silencio y pregunta:

—¿Pero qué pasó con Eliel? ¿Sabes dónde está?

—No. Antes de que nos llevaran al mercado vino un soldado y me sacó del grupo y me trajo directamente aquí. No sé qué pasó con Eliel. Lo más probable es que lo hayan vendido como esclavo. Quién sabe dónde estará.

—Espero que Dios lo acompañe —dice Miriam, preocupada.

Entra Lina y las encuentra hablando.

—¿Se conocen? —pregunta muy seria.

—Sí —contesta Miriam—, somos del mismo pueblo.

—Muy bien. Tienen que saber que la cocinera es muy estricta. No deben hablar en horas de trabajo. Más tarde tendrán tiempo. Ahora a trabajar. Vamos Miriam, preparemos el comedor. Los señores cenan juntos cada tarde y suelen tener invitados así que debemos ser muy cuidadosas en los preparativos.

Miriam va con gusto. Aunque sigue preocupada por Eliel, se siente feliz de tener a Bhila cerca. Además, a cada instante piensa en sus padres. ¿Cómo estarán ellos? Seguramente su mamá estará sufriendo. Ojalá pudiera decirle que ella está bien. Ojalá pudiera verla aunque fuese un instante, abrazarla y decirle cuánto la ama. Todo lo que ha sucedido debe estar causándole un gran dolor.

Hace ya un año que Miriam está en casa de Naamán. La muchacha no olvida ni a sus padres, ni su hogar en Dan. Cada día piensa en ellos; aún no puede entender por qué Dios ha permitido este gran sufrimiento en su vida. Si tan sólo supiera lo que le depara el destino. Pero su fe no decae. Le han quitado todo, pero su amor y su devoción por Dios permanecen intactos. Ella cree que Dios puede cambiar su realidad. Dios debe tener un propósito con todo esto. Esa es su esperanza y se aferra a ella.

No se olvida de hacer sus oraciones. Tres veces al día. Como le enseñó su madre. De alguna manera se las arregla aunque a veces tenga que hacerlo a escondidas.

El tiempo pasa lentamente. Cada mañana, Miriam debe trabajar con Lina quien se muestra dura y exigente, pero ha cuidado de ella con gran afecto. Entre ambas hay ya una sólida amistad. En los momentos más angustiosos, Lina ha estado a su lado. Ha sido su fuerza. No ha permitido que el ánimo de Miriam decaiga. Entablan largas conversaciones que les permiten olvidar un poco las duras circunstancias que les toca vivir. Una noche, Lina le pregunta por su familia:

—Cuéntame Miriam —le dice—. ¿Cómo es tu madre?

Miriam contesta con alegría y emoción:

—Es hermosa. Es dulce y tierna. Aunque siempre está corrigiéndome. No le gusta que yo corra por la casa. Mi madre es la mujer más linda que hay sobre la tierra.

¡Cómo quisiera poder decírselo!

Por unos instantes, queda pensativa, con la mirada perdida. Luego reacciona y pregunta:

—Y tú Lina, ¿no tienes familia?

—No, mi madre murió hace algunos años. Y mi padre... ni siquiera sé quien es mi padre.

—Pero tú eres libre. Me lo dijiste cuando llegué a esta casa. Tú no eres esclava ¿verdad?

—No lo sé. Porque al fin y al cabo ¿qué es ser libre? Yo no tengo amos. Puedo irme de esta casa cuando quiera. Pero vivo esclavizada, mi pequeña amiga. Soy esclava del rencor por un padre que nunca conocí. Soy esclava de la soledad. Te miro a ti, y pienso que eres mucho más libre que yo. No lo sé. Realmente no sé si soy libre. Creo que la libertad se lleva en el corazón. Pero bueno, ya es hora de dormir. Mañana hay que levantarse temprano y debemos descansar. Buenas noches.

—Dios te bendiga -responde Miriam, pensativa—. Buenas noches.

La conversación queda dando vueltas en la cabeza de Miriam. Lina tiene razón. Me han traído a esta casa y me han dicho que soy esclava. Pero yo no soy esclava. Yo soy libre. Libre. Miriam sonríe, da gracias a Dios por sentirse libre y con este pensamiento se duerme.

Cada tarde, Miriam acompaña a la señora Najla, ya sea bordando, caminando por el jardín o simplemente charlando. Aunque la joven ha llenado un gran vacío en la vida de su ama, sus sentimientos son contradictorios. En ocasiones siente un profundo cariño por ella pues le recuerda a su madre; en otras; sin embargo, al verla tan sola, siente compasión.

Bhila sigue trabajando en la cocina. La mujer grande ya no es tan hostil con ella aunque a Miriam parece seguir odiándola. Pero Miriam ha aprendido a vivir con ese rechazo. Procura no contrariarla para evitar cualquier tipo de problema.

De vez en cuando en las noches, después del trabajo y antes de dormirse, Miriam y Bhila hablan sobre sus esperanzas de regresar a su pueblo, lo que demuestra que habrán podido quitarles su libertad pero los sueños están intactos. Tienen fe. Tienen esperanza.

—Cuando me vaya de aquí —dice Miriam—, lo primero que haré será ir donde mis padres a decirles cuánto los amo. Lamento tanto no haber dedicado más tiempo para estar con ellos; ni haberles dicho todos los días lo importante que son para mí. Espero que Dios me dé algún día la oportunidad de hacerlo; de regresar y abrazarlos.

Bhila, que la escucha en silencio, replica:

—Al menos tú tienes esperanza de volver a verlos; en cambio yo, aunque regrese a casa nunca más podré abrazarlos o decirles cuanto los amo.

—Oh, lo siento, Bhila. No quise que te sintieras mal. Discúlpame, por favor.

—No te preocupes. Es sólo que pienso en las veces que tuve la oportunidad de decirle a mi padre cuanto lo amaba y no lo hice. Y es que con mucha frecuencia valoramos a quienes nos aman solamente cuando los perdemos.

—Tienes razón; así es, lamentablemente.

Miriam abraza a su compañera. Tenerla tan cerca le ha sido de gran ayuda. Las muchachas se han acompañado y apoyado mutuamente.

Lejos del hogar ~ 41 ~

A través del tiempo, Miriam parece haber adquirido mayor temple. Ya no es tan débil. Su fe parece haberse acrecentado en medio de la tribulación. Ha madurado. Sin duda, la adversidad se ha encargado de producir grandes cambios en su vida y carácter. Cada mañana, al comenzar el día, se dice: «Muy bien, Miriam, levántate. Ponte de pie. Dios está contigo hoy».

Eliel no fue vendido como esclavo; y aunque no fue llevado a la misma casa con Miriam y Bhila, trabaja para Naamán y su ejército. A veces pueden verlo y saben que está bien. Dios ha sido fiel. Miriam se ha ganado el cariño de todos en la casa. Esto ha hecho que las cosas sean más fáciles para ella aunque de vez en cuando tenga que soportar el desprecio de la cocinera.

Pero esta mañana es diferente. Al entrar a la cocina, la encuentra llorando. Se acerca tímidamente. La mujer está sentada. Miriam dobla sus rodillas al lado de ella y le pregunta:

—Mi señora, ¿puedo ayudarte?

—¿Ayudarme tú? ¿Por qué querría una muchacha como tú ayudar a una mujer como yo?

—No lo sé, solo sé que quiero hacerlo. Si me lo permites.

La cocinera deja por un momento de llorar. Se mantiene en silencio, como evaluando lo que le dice Miriam.

-Es mi madre —le dice en confidencia—. Está muy enferma. Es una anciana de edad muy avanzada. Creo que tendré que irme para cuidarla y estar a su lado hasta el momento de su muerte.

Vuelve a llorar desconsoladamente. Miriam la abraza con afecto. La mujer la mira como no entendiendo esa muestra de cariño.

-¿Por qué te preocupas por mi? Yo no he sido muy amable contigo; es más, debo ser sincera. No quería que te quedaras en esta casa. Te rechacé desde que llegaste y ese para mí era motivo suficiente como desear que te fueras.

—Lo sabía. He sentido tu rechazo desde el primer día. Pero he orado y Dios me ha mostrado que tienes un gran corazón. Que tal vez lo único que necesitas es un poco de comprensión. Además, ya no importa. Lo importante ahora es tu madre. Yo rogaré por ella y por ti para que pronto regreses.

—No te entiendo, ni a ti ni a tu Dios. Pero agradezco tus palabras y tus plegarias. Ahora, te ruego que le hagas saber a Lina sobre mi partida. Yo iré a preparar mis cosas. Y por favor dile a Bhila que venga. Ella tendrá que quedar al mando de mi querida cocina.

El llanto se hace más intenso como si el dolor más grande fuera tener que dejar su cocina en manos de otra persona que no sea ella. Miriam esboza una leve sonrisa y sale en busca de Lina.

Pronto, la cocinera está lista para partir. Se despide de todos y entre sollozos, le repite a Bhila lo que tantas veces le ha dicho en cuanto a ocuparse de su querida cocina. Y antes de partir le da las últimas recomendaciones:

—No permitas que los demás sirvientes se entrometan en tu trabajo. Tú eres la responsable y a ti te pediré cuentas cuando regrese. ¿Me has entendido? —Seguidamente y bajando la voz como si fuera un importante secreto, agrega:—Y por favor, da un buen plato de comida a Miriam, cada día. Es una buena muchacha.

Desde aquel día, Bhila es la encargada de la cocina en la casa de Naamán. En cuanto a Miriam, esta es una nueva muestra del amor de Dios hacia sus vidas. Nunca una esclava había quedado en un puesto tan importante. Al menos eso le ha dicho Lina.

Dios ha sido fiel.

CAPÍTULO

4

Naamán enfermo

Hoy, como cada día, Miriam y Lina comparten el almuerzo. Miriam parece más apresurada que de costumbre.

—¡Calma, muchacha! —le dice Lina-. ¿Qué te apura tanto? Come tranquila.

—Es que la señora me espera. Hoy saldremos al jardín y cortaremos flores para poner en su cuarto.

A Miriam le encantan las flores y este es un trabajo que la entusiasma. Para ella es casi un juego.

—Sientes un gran afecto por la señora, ¿verdad? —le dice Lina—. Eso puede verse claramente.

—Sí. La aprecio mucho. Y acompañarla en sus actividades es algo que me hace muy feliz.

—Y tú también te has vuelto muy importante para ella. Tal vez sea porque no tiene hijos. Ambas se han hecho un bien. A ti te veo sonreír nuevamente y ella parece haber vuelto a la vida.

Miriam se pone de pie, le da un beso en la mejilla y sale corriendo, mientras dice:

—Pero no te pongas triste. A ti te quiero mucho más.

—¡Vuelve acá, niña! ¡Aun no has terminado tu comida!

Pero Miriam ya está en la puerta del cuarto de su señora. Cada tarde pasan juntas momentos agradables bordando, caminando o simplemente charlando. Por lo general, la esposa de Naamán parece muy entusiasmada y espera ansiosa a la muchacha. Pero hoy es diferente. Miriam se detiene sorprendida al ver que, a diferencia de la costumbre de encontrar siempre la puerta abierta, esta vez está cerrada. No sabe si será correcto golpear. Lo piensa unos momentos y por fin da unos suaves golpecitos a la puerta. Como no hay respuesta, se acerca como para oír lo que sucede dentro de la habitación. Le parece oír sollozos. Escucha con más atención y, sí, es ella que llora en silencio. Miriam no sabe qué hacer. Quiere ayudar pero no sabe cómo hacerlo. Es sólo una sierva de la casa así es que se retira silenciosa y triste. «Mañana vendré» se dice, «seguro ella estará bien y querrá recoger flores conmigo».

Así pasan varios días. Cada tarde, Miriam viene al cuarto, pero siempre la puerta está cerrada. La señora permanece adentro, sola. Miriam la ha visto sólo cuando sirve la comida. Se ve demacrada, triste y silenciosa. Y cuando se han encontrado, apenas le ha dirigido la palabra. Le parece que ya no es la misma. Es extraño, pero se siente intranquila. Desde hace dos años, cada tarde han pasado horas juntas. Entre ambas ha nacido una relación muy estrecha. A pesar de sentir que Naamán y Najla la han alejado de su hogar, siente aprecio y hasta algo de afecto por ella. En fin, se da cuenta que es difícil entender las cosas del corazón. Y en su corazón hay una verdadera lucha. Es extraño lo que le sucede. A veces siente rabia y enojo hacia ellos. Pero en ocasiones siente cariño. Especialmente por Najla. Y ahora está preocupada. Algo le sucede a su señora.

Durante los días siguientes hay mucho hermetismo en el matrimonio. Nadie sabe lo que les ocurre.

Una tarde, Miriam vuelve a ir al cuarto de su ama. Esta vez, la puerta está abierta. Se asoma tímidamente y ve que Najla está allí; le pregunta:

—Mi señora, ¿puedo entrar?

La voz que le responde es apenas un susurro casi inaudible:

—¡Adelante, Miriam! puedes pasar.

Najla está sentada en su silla, frente a la ventana. Al verla, Miriam recuerda la primera vez que entró en la habitación. La escena es similar pero el rostro de la mujer es muy diferente. No sonríe. Sus ojos brillan pero no de entusiasmo. Parecen lágrimas a punto de saltar. Su mirada permanece fija en la ventana. Miriam sabe que algo sucede pero no se atreve a preguntar. Najla ni siquiera la mira. Sabe que ella está ahí, pero hay algo que mantiene su mente ocupada. Y ese algo —se dice Miriam—, no debe ser bueno. ¿Qué pasará? se pregunta mientras la observa. Después de un rato decide hablarle:

—Ayer vine, mi señora, pero la puerta estaba cerrada. He venido cada tarde, pero...

—Sí, estaba ocupada. Ven, acércate.

Miriam obedece; se siente un tanto extraña. Después de un largo silencio vuelve a hablarle a su ama.

—Señora, ¿quiere que salgamos al jardín? Es una tarde maravillosa. Tal vez pudiéramos recoger flores para adornar la habitación. El sol es agradable afuera y corre una suave brisa.

Najla la mira y, sin decir una palabra, vuelve a poner su mirada en la ventana. Miriam intenta de todas formas sacarla de su ensimismamiento, pero Najla la escucha sin dar una sola respuesta. Permanece con su mirada fija en la ventana. Por un largo rato, Miriam se queda en silencio. Se ha sentado en el mismo banquillo de la primera vez. Los recuerdos se agolpan en su memoria. Entonces, tenía tanto miedo.

Ahora es diferente. Ahora ella está tranquila, pero Najla parece tan atribulada.

Miriam decide que será mejor retirarse y se pone de pie.

—Voy a ver si Lina me necesita. Permiso, mi señora.

Camina en silencio hacia la puerta y cuando está a punto de salir, Najla le habla.

—¡Miriam! No te vayas. Acompáñame un momento más.

Miriam regresa pero no sabe qué hacer o qué decir. Hay ocasiones en que es mejor callar. Pasan un largo rato en silencio. A veces, cuando el corazón está afligido, la simple compañía es ayuda suficiente.

De pronto, Najla dice:

—Miriam, ¿estás segura que tu Dios puede oírte? Cada día haces tus oraciones. Te he visto muchas veces. ¿Cómo puede una esclava tener fe en algo? ¿Realmente crees que tu Dios está contigo?

—Con todo mi corazón, señora. Y ahora más que nunca. Esta casa, usted, Lina. Mi amiga Bhila y mi primo Eliel cerca de mí. Todo eso es una muestra de que Él nunca me ha dejado sino que siempre ha escuchado mis oraciones. Dios ha sido bueno. Y estoy segura de que como ha estado conmigo, habrá estado todo este tiempo con mis padres.

—Miriam, pero eres una esclava. Estás aquí por obligación. Te han arrancado de tu hogar, de tu familia. ¿Acaso estuvo tu Dios contigo cuando aquellos soldados te tomaron prisionera?

—Claro que sí, señora. No han sido los soldados los que han decidido sobre mi vida. Ha sido Dios, Él me ha traído hasta aquí con un propósito. Al principio, no lo podía entender, mas ahora lo sé.

Lo que acaba de decir, Miriam lo dice con una sonrisa inocente. Continúa:

—No sé lo que le sucede, señora. No sé cuál es la angustia de su corazón. Pero sea lo que sea, rogaré a mi Dios y puedo asegurarle que me oirá.

Najla la mira sorprendida. No puede creer la devoción que siente Miriam hacia su Dios. Se queda pensativa y vuelve a fijar sus ojos en la ventana, mientras dice:

—Vé, puedes retirarte.

Miriam se dispone a salir de la habitación. Mira a Najla con mucha compasión y dice:

—Señora. No hay nada que mi Dios no pueda hacer. Estoy segura de eso.

Najla asiente con un movimiento de cabeza. No es capaz de hablar. Las lágrimas se agolpan en sus ojos.

Miriam se retira.

Aquella noche, Miriam no puede dormir. Ha quedado demasiado preocupada. Tiene pesadillas en las que ve llorar a su madre y cuando se acerca para consolarla, se da cuenta de que no es su madre sino Najla. El sueño es reiterativo. Se despierta llorando. Más que nunca extraña a su familia. Los sentimientos hacia sus captores son extraños. En ocasiones siente tal rencor que quisiera gritárselo en la cara. Al fin y al cabo, la mantienen separada de sus amados padres, de su querida nación y de todo lo que más ama.

Este sentimiento es más fuerte hacia su señor Naamán. Cada vez que lo ve, ve al soldado. Ve al hombre que la tiene cautiva. Su autoritarismo la asusta. Jamás le ha dirigido la palabra para otra cosa que no sea para darle una orden. Ella cree que no es un buen hombre. Aunque alguna vez Eliel le ha dicho que se equivoca, que es un hombre bueno, que no lo juzgue pues realmente no lo conoce. Pero para Miriam es difícil cambiar su manera de pensar. Lo intenta y se reprende diciéndose: «Tal vez sea lo que dice Eliel, yo realmente no lo conozco. Pero, ¿qué pasará con la señora? Tal vez sea él el que la está haciendo sufrir. Sí, eso debe ser. ¿Pero, y si no es así? Últimamente él se ha mostrado más callado. Ya ni siquiera come con Najla. Algo les suceda a ambos».

Esos pensamientos no le permiten conciliar el sueño. Decide orar. Por sus padres, por ella misma. Y hasta por sus amos. Aunque esto le cueste un poco, ora por ellos. No quiere resentimientos en su corazón aunque a veces siente rabia, enojo y dolor. Sin embargo, esta noche ora. Ora con todo su corazón especialmente por Naamán y Najla. Se levanta de su asiento, dobla sus rodillas y eleva una oración: «Señor, Dios mío. Mi alma está afligida. No encuentro reposo y es a causa del sufrimiento que ahora sé que está viviendo mi señora Najla. Yo no sé lo que sucede. Pero tú puedes verlo todo y sabes perfectamente qué es lo que la atormenta. Te ruego que tengas de ella y de su esposo Naamán, misericordia. También te ruego que te acuerdes de mis padres. Protégelos contra todo mal, Señor. Y a mí, a mí dame fuerzas para continuar».

Los días pasan lentamente. Aunque intenta ocultar lo que le sucede, la actitud de Najla no cambia. Puede verse a las claras que algo extraño le ocurre. Miriam puede sentirlo. En ocasiones, ha tenido que acompañarla al templo de Rimón. Najla le permite quedarse afuera, pero ella sabe que su señora va a rogar, a pedir por algo. También, la ha visto arrodillarse cada mañana frente a esas grandes estatuas que tiene en el jardín. Son sus dioses. Ella sabe que no pueden oír y que nunca podrán ayudarla. Siente tristeza por ella. «Solo hay un Dios verdadero», se dice. «Y ese es el Dios al que yo sirvo, ¿pero podrá ella entenderlo algún día?»

Una noche, Eliel viene a visitar a su prima. Lina les da tiempo para conversar.

—¿Cómo has estado? —le pregunta, cariñosamente su primo.

La trata como a una verdadera hermana.

—Bien. No debes preocuparte por mí, aunque hay algo que me tiene inquieta.

—¿Qué pasa?

—Es la señora. Ella no está bien. Sé que no es mi problema, pero me afecta.

—¿No es tu problema? Los problemas de los demás siempre han sido los tuyos, mi querida prima. Siempre te afecta lo que les suceda a las personas que te rodean. Eso no es extraño en ti.

—Pero ahora es diferente. No te burles de mí. Esto es serio. Algo muy malo está sucediendo.

—Tal vez tengas razón. Últimamente casi no se ve al general Naamán en el ejército. Y eso, es muy raro, pues él es un militar de una gran responsabilidad, según me he podido dar cuenta desde que estoy aquí.

En efecto, Eliel sabe que Naamán ha ganado muchas batallas, llevando a los sirios a grandes victorias. Todos lo respetan; sin embargo, para él y para ellos es muy extraño que el general abandone su puesto de trabajo como lo ha venido haciendo últimamente. Esto provoca toda clase de comentarios entre los soldados.

—Hay quienes dicen que el general está enfermo —agrega Eliel—. Que algo muy extraño le sucede. ¿Será esa la razón de la tristeza de tu ama?

—Es posible —dice Miriam, pensativa—. Por ahora te ruego que unas tus oraciones a las mías a favor de ellos. Tal vez Dios se apiade de su dolor y traiga descanso al alma de mi señora.

Eliel se retira pronto. No quiere que Miriam tenga problemas.

—Pronto volveré a verte. Estaré rogando por tu ama. No te preocupes. Que Dios sea contigo —le dice, antes de irse.

—Dios te acompañe, primo. Y gracias por venir.

Por la mañana, unos hombres de aspecto extraño vienen a visitar a Naamán. Miriam no sabe quiénes son y le pregunta a Lina:

—Lina, han llegado unos varones. Me parecen un poco extraños. ¿Sabes quiénes son?

—Son los médicos reales. Ellos están dedicados exclusivamente a atender al rey, de modo que para que vengan a visitar a mi señor Naamán debe ser porque algo muy grave le ocurre.

—Tal vez está enfermo —dice Miriam.

—¡Por supuesto que está enfermo! Eso es evidente, niña. ¿De qué? No lo sabemos. Pero te recomiendo que no te inmiscuyas en lo que no te corresponde. Sé que te preocupas. Pero tú sólo debes hacer bien tu trabajo.

—Tienes razón. Haré como me indicas.

Al día siguiente, Miriam, regresa a ver a Najla. Al fin y al cabo, siempre ha sido su deber hacerlo. Sin embargo, hoy es ella quien anhela el encuentro. Quiere acompañarla en este tiempo difícil que está viviendo. Y es que, poco a poco, se ha desarrollado entre ellas una relación de amigas más que de ama y sierva. Najla ha aprendido a confiar en Miriam. Le ha contado de sus anhelos y frustraciones; del vacío que siente por no haber podido darle hijos a su esposo; de la soledad que sufre a causa de las grandes responsabilidades que tiene Naamán por su condición de general del ejército del rey; de la frecuencia con que debe ausentarse, dejándola sola.

Miriam, sabe del sufrimiento de Najla. Y ahora, más que nunca sabe que ella la necesita. «¿Será para esto que Dios permitió que me arrebataran de mi hogar y me trajeran a este lugar, tan lejos de mi familia?», se pregunta por primera vez.

—Buenas tardes, mi señora —dice, al entrar en la habitación.

Najla parece haber estado esperándola pues inmediatamente, entre lágrimas y sollozos, comienza a hablarle:

—He rogado a mis dioses, Miriam. Cada mañana, cada tarde y cada noche, he rogado. Pero por respuesta sólo obtengo el silencio. ¿Será este un castigo? ¿Qué hemos hecho para merecer este mal? Seguramente Rimón se ha enojado con nosotros.

Cubre su rostro con sus manos y llora. Es como si hubiese estado reteniendo las lágrimas por largo tiempo.

Miriam, se acerca y se arrodilla a su lado.

—¿Qué sucede, mi señora? ¿Acaso no soy digna de que abra su corazón y me diga lo que la aflige? Tal vez no pueda yo darle solución a su mal pero al menos podré rogar a mi Dios para que él mitigue su dolor y tenga de usted misericordia.

—Es Naamán, Miriam, está enfermo, muy enfermo. Tiene lepra.

Miriam abre desmesuradamente los ojos. La noticia que le da su señora la aturde. No esperaba algo así:

—¿Lepra, mi señora? ¡No lo puedo creer!

—Sí, Miriam. Lepra. Y cada día avanza más. Lo peor es que nadie puede ayudarlo. El rey ha dispuesto sus médicos personales para que lo curen, pero nada. Todo sigue igual. ¡Es horrible! Mi esposo ha ganado tantas batallas, Miriam. Ha traído tantas victorias a su nación, mas ahora, una horrible enfermedad lo ha vencido. Ni siquiera me permite acercarme a él por temor a que contraiga el mal. No sé cómo ayudarlo. ¿Por qué los dioses lo han castigado de esta forma? ¡No entiendo! ¡No puedo entender!

Miriam sigue como aturdida. Nunca imaginó que el problema fuera tan grave. Guarda silencio mientras Najla llora. De pronto, las palabras vienen a su mente. Es como algo sobrenatural que fluye y comienza a decir:

—No señora, él no es culpable de desobediencia o de acción alguna que le haya expuesto a esta aflicción. No se martirice más con ese pensamiento. Mi Dios obrará en esta situación. Yo rogaré, señora y él escuchará mis plegarias. Tenga confianza.

Miriam se pregunta cómo un hombre tan importante pudo haber contraído tan terrible enfermedad. Los sentimientos se confrontan dentro de su corazón. Siente compasión por su amo. Le duele el dolor de Najla. Pero, tal vez, como ella misma lo expresó, esto sea un castigo de Dios. Tal vez lo merezca por haberla arrancado de su hogar. Además, ¿qué puede hacer ella? Es sólo una esclava más en esa casa. No ve cómo podría ayudar.

Los días pasan y la enfermedad avanza. El general permanece casi todo el día en la cama. De vez en cuando se levanta para cumplir determinadas funciones militares, pero cada vez es con mayor esfuerzo.

Su piel ha pasado de ser blanca como la nieve a tener grandes y profundas llagas que le provocan un dolor intenso. Su cabello se ha caído por completo. Sus manos se comienzan a deformar a causa de las heridas. Por las noches casi no duerme. En casa, ya todos saben de la triste enfermedad. Se compadecen pero, ¿qué más pueden hacer? Ni el mismo rey ha sido capaz de ayudar a su soldado fiel.

Najla, ya no pasa mucho tiempo con Miriam por tratar de estar junto a su esposo. Hasta ahora, la muchacha sólo ha sido una espectadora más. Pero una noche, recordando los felices momentos que pasaba junto a sus padres, recuerda al profeta Eliseo. Se sienta en la cama de un brinco y literalmente grita:

—¡Eliseo! ¡El profeta Eliseo!

Lina despierta sobresaltada.

—¿Qué te pasa, muchacha? ¿Acaso estás soñando?

—No, Lina. Es sólo que me acabo de acordar de alguien que estoy segura de que podrá ayudar a mi señor Naamán.

Lina, que sigue sobresaltada por el grito de Miriam, responde incrédula:

—¿Habrá alguien sobre la tierra que pueda hacer algo por él? Ni los dioses han podido hacerlo. No, la verdad es que no lo creo. Estás soñando, niña. Tu afecto por la señora te ha hecho divagar. Ya duérmete. Recuerda que debes levantarte temprano. Y yo también.

Lejos de hacer lo que Lina le dice, Miriam sale de su cama y corre a su lado.

—No, Lina, escúchame. ¿Recuerdas al profeta? Yo te he hablado muchas veces de él. El profeta que visitaba nuestro hogar en Dan. ¿Lo recuerdas? Te hablé de cuando hizo que el aceite de aquella viuda se multiplicara. Ella estaba a punto de perder a sus hijos a causa de las deudas que su marido dejó antes de morir. La mujer no tenía más que un poco de aceite. Eliseo le dijo que buscara vasijas, muchas vasijas. Ellos hicieron lo que el profeta les ordenó, luego se encerraron en su casa y comenzaron a llenar una tras otra las vasijas vacías. ¿Sabes con qué? Con la pequeña cantidad de aceite que le quedaba a la pobre viuda. Todas las vasijas se llenaron y el aceite no dejó de fluir hasta que la última vasija estuvo llena. ¿Ves Lina? Dios hace milagros a través de Eliseo. Y cuando hizo que aquel niño volviera a la vida. ¿Lo recuerdas? Yo te lo conté...

—Sí, sí. Está bien, Miriam, lo recuerdo. Pero en la mañana me cuentas más de tus historias ¿quieres? Ahora déjame dormir. Y duérmete tú también.

Miriam ha hablado con entusiasmo, pero Lina la ha escuchado con poco interés. Parece no entender. Para ella son sólo historias de una muchacha un poco soñadora pero Miriam sabe de qué habla. Habla del poder de Dios actuando a través de su profeta. Regresa a su cama con una sonrisa en el rostro. «Por fin lo entiendo», se dice. «Ahora todo es claro para mí. Dios tenía un propósito. Estoy segura. Si mi señor Naamán va a ver a Eliseo estoy segura de que él podrá ayudarlo».

Al día siguiente, Miriam se levanta emocionada. Sabe que Eliseo ayudará a Naamán. Decide esperar el momento apropiado para hablar con su señora. No quiere ser imprudente.

Por la tarde, Najla le pide que la acompañe al templo de Rimón, dios de la lluvia y de la tempestad. Miriam quisiera decirle... pero siente temor y silenciosa camina junto a su ama. Al llegar, como siempre, Najla entra y Miriam espera afuera. Después de un largo rato dentro del templo, Najla sale y le dice:

—Quisiera creer que esto puede ayudarme. Quisiera creer que mis ruegos ayudarán a mi esposo. Pero debo admitirlo, pienso que esto no sirve de nada. Miro al gran Rimón y espero una señal, al menos una pequeña señal. Y nada. Todo es silencio, todo es vacío. ¿Acaso no quiere oír? Sus oídos se han cerrado para mí.

—Mi señora... yo quisiera...

—Sí, Miriam. Sé que quisieras ayudar pero no puedes, mi querida Miriam, no puedes. Ni tú ni nadie puede ayudarnos. Vamos a casa.

Miriam camina al lado de Najla. Se siente frustrada. Quisiera decirle, hablarle de Eliseo y de su Dios, el Creador del cielo y de la tierra, del único Dios verdadero, pero nuevamente el temor hace presa de ella y guarda silencio. Tiene dudas, tal vez no deba inmiscuirse. Constantemente la atormenta el pensamiento; soy sólo una esclava, no querrán oírme. Mi señora Najla tiene razón. Yo no puedo hacer nada. No puedo ayudar.

Dos días más tarde, Naamán empeora. Sufre una fuerte crisis. Tiene dolores intensos. Sus manos están llenas de llagas. Sus dedos están completamente deformados. Para poder salir de casa se cubre casi por completo el cuerpo y el rostro. Es un hombre valiente que ha intentado seguir con sus labores de soldado a pesar de la enfermedad. Pero hoy ni siquiera ha tenido fuerzas para levantarse. Najla está desesperada. Sufre por el dolor de su marido. Ha pasado casi todo el día al lado de su cama. Naamán, la motiva a alejarse, a salir, a distraerse.

Hoy, en una actitud sin precedentes, es el mismo Naamán quien solicita la presencia de Miriam en la habitación. Desde que fue traída a su casa nunca ha entablado una conversación con ella. Para él, Miriam es igual a los demás. Simplemente una esclava. Lina es la encargada de ir a traerla.

—Miriam, mi señor te llama. Vamos, apresúrate. Ha pedido que te presentes ante él.

Miriam siente un fuerte dolor en el estómago.

—¿Qué pasará? ¿Habré cometido algún error? ¿Qué querrá mi señor Naamán? —pregunta, angustiada.

—No lo sé niña, no lo sé. Sólo camina. Vamos, apresúrate.

Cuando llega al cuarto, lo ve sobre su cama. Najla está a su lado. La escena es impresionante. Siente una gran pena al ver por primera vez las llagas que cubren su cuerpo.

Cuando Naamán se da cuenta de que la muchacha ha llegado la mira y le hace una seña para que se acerque.

—Mi señor, ¿qué desea usted de esta, su sierva? —le dice, tímidamente.

—Miriam. He visto tu fidelidad hacia mi amada esposa. Y puedo ver en los ojos de ella el cariño y afecto que siente hacia ti. Desde que llegaste a esta casa, su vida ha cambiado. Ya no la invaden la tristeza y la soledad. ¡Ahhh!

Naamán se queja fuertemente. Miriam se asusta. Najla se acerca y la toma del brazo como queriendo tranquilizarla. Después de unos segundos, Naamán continúa diciendo:

Cómo ves, estoy gravemente enfermo. Esto ha hecho que el semblante de mi amada se vuelva nuevamente gris. Se ha vuelto a sumir en la tristeza y me rehúso a aceptarlo. Yo, cada día muero delante de sus ojos. Preferiría estar en un sepulcro con tal que ella no vea mi carne caer y despedazarse poco a poco, lentamente. Soy un muerto en vida. No sé si algún día los dioses se apiadarán de mí y me librarán de este horrible castigo. Pero, no te he llamado para que escuches mis lamentos. Najla ha pasado demasiado tiempo aquí, a mi lado. Eso sólo aumenta mi dolor. Quiero que siempre acompañes a mi esposa. Haz todo lo posible por hacerla olvidar el dolor que lleva dentro de su corazón. Desde hoy en adelante, todo tu tiempo será para ella. No harás más trabajos en la casa. Quiero que te dediques sólo a ella. Compartirás con ella la mesa. No quiero que esté sola ni un momento. Tu compañía le hace mucho bien.

Naamán vuelve a quejarse. Se acomoda un poco y continúa:

—¿Has entendido?

—Sí, mi señor. Me honra al encargarme tal ocupación. Haré como usted diga.

—Muy bien. Ahora quiero que ambas salgan. Necesito descansar. Najla, ve a dar un paseo por el jardín con Miriam. Estando aquí mirándome, me haces daño. Tu tristeza es peor que esta enfermedad.

Sin decir palabra, las mujeres salen de la habitación y se dirigen al jardín. Najla llora.

—No tengo fuerzas, Miriam. Ya no puedo con este suplicio. Naamán es todo lo que tengo. Él no merece esto. ¿Sabes? Mis padres murieron cuando era yo muy joven. Mi padre era también soldado. Murió en una batalla. Poco tiempo después, mi madre enfermó gravemente y también murió. Quedé completamente sola. El rey amaba mucho a mis padres y en honor a la amistad que tenía con ellos quiso ocuparse de mí. Fui llevada a palacio. Tiempo después, tal vez como una forma de asegurar mi futuro, el rey Ben-adad dispuso mi casamiento con Naamán. Al principio me negaba a aceptar casarme con alguien que yo misma no hubiese escogido. Mas, tuve que obedecer la orden del rey. Después de un tiempo en mi corazón nació el amor. Mi marido ha sido para mí un padre, un amigo y un compañero, además de ser mi esposo. Él vino a mitigar mi dolor y mi soledad. Naamán no es un hombre malo, Miriam. Es fuerte, es un soldado, pero es bondadoso y fiel.

Najla estalla en llanto mientras sigue diciendo:

—No quiero que sufra, no quiero que mi esposo se muera y me deje nuevamente sola.

—Mi señora —le dice Miriam muy acongojada por el dolor de su ama. La toma de sus manos y continúa:

—Yo sé quién puede ayudar. En Samaria, la ciudad capital de Israel vive un hombre de Dios, un profeta llamado Eliseo. Si mi señor va a Israel, él podrá ayudarlo. Yo lo conozco, he oído y he visto los milagros que puede hacer. Es un profeta de Dios. Estoy segura de que mi señor Naamán sanará de su lepra.

—Miriam, tal vez ese profeta haga milagros. Pero la lepra es una enfermedad muy grave. Ya ves todas las personas que han intentado ayudarnos y nadie ha podido hacerlo.

—Hay algo más grave que cualquiera enfermedad, señora. Y es la muerte. En una oportunidad, el profeta hizo que un niño que había muerto resucitara. Dios, el único Dios verdadero es el que actúa a través de Eliseo y yo me pregunto si habrá algo difícil para él. Mi Dios sanará a mi amo, señora... Él lo hará.

—¿Qué dices Miriam? ¿Será posible que tu Dios se apiade de nosotros después del daño que te hemos causado a ti y a todo tu pueblo? ¿Será posible que ese profeta quiera siquiera escuchar a mi marido después de todo el dolor que los soldados sirios les han causado a tus hermanos?

—Señora. En algún momento pensé que habían sido mi amo el señor Naamán y usted los que me sacaron de mi familia y de mi pueblo, pero ahora entiendo que fueron los soldados. Y sólo porque fue permitido por Jehová, nuestro Dios, con un propósito determinado. De otra manera, esto nunca hubiese sucedido. ¿No será éste el propósito de Dios para mi venida a este lugar? ¿Acaso no conoce Dios todas las cosas y sabe así el futuro? ¿Dejaré yo de cumplir lo que Dios ha dispuesto para mi vida? De ninguna manera. Por lo tanto, le ruego que hable usted con mi señor Naamán. Si él no quiere intentarlo, yo quedaré en paz, y olvidaré este asunto.

—No lo creo, Miriam. No creo que Naamán quiera ir. Además, el viaje es demasiado largo. No sé si lo soportaría. Está tan enfermo, tan débil. Te lo agradezco Miriam, tienes un corazón tan dulce. ¿Cómo puedes justificar a quienes te han quitado la libertad y te han tenido como esclava por todo este tiempo?

—Yo soy libre, mi señora. Esclavo es aquel que tiene el corazón encadenado al rencor, al odio y a la amargura. Yo soy libre. Jehová me ha hecho verdaderamente libre. Y estoy agradecida a mi Dios y a ustedes por haber llegado a esta casa. ¿Dónde estaría yo, si mi señor Naamán no hubiese ordenado que me trajeran aquí? ¿O si usted no hubiese salido aquel día para decidir que me quedara en la casa a pesar de haber sido rechazada por su cocinera? Vaya mi señora, hable con mi señor Naamán. Él va a decidir lo mejor.

Najla, mira a Miriam con una mirada de incredulidad. No puede creer lo que ha escuchado. Sabía que Miriam era especial. Siempre admiró su devoción hacia su Dios, su alegría y afecto. Pero ahora, la muchacha ha dejado que ella vea la grandeza de su alma. Acaba de darle la más hermosa lección de humildad y entrega.

Sin decir palabra, Najla se retira. Se va meditando en todo lo que Miriam le ha dicho. Tal vez tenga razón. Tal vez sea una puerta que el mismo cielo está abriendo delante de ella y de su amado esposo.

Aquella noche, Najla no puede dormir. Pero no es angustia. Las palabras de Miriam retumban en su cabeza. Siente que ahora la aprecia mucho más. Siente que además de apreciarla, la respeta. Sus palabras han sembrado en ella la confianza. Ha nacido una pequeña luz de esperanza en medio de la densa oscuridad. Tal vez aquel profeta pueda ayudar a su esposo.

Najla lo ha decidido. Hablará con él.

Por la mañana, le dice:

—Naamán. Miriam me ha hablado de un profeta de Dios que hay en Israel que podría sanarte de tu lepra. Ella dice que si vas a verlo él te sanará.

—¿En Israel?

—Sí, ella dijo que vivía en Samaria. Su nombre es Eliseo.

—¿Sabes cuánto tiempo me tomaría ir desde aquí a Samaria? —replica el general—. Al menos cuatro días. Y en mis condiciones, no menos de una semana. ¿Y si el profeta no me sana, Najla? El viaje sería en vano.

—Lo sé, Naamán. Pero ¿y si ese profeta te sana? Tu dolor acabaría y junto a eso, mi propio dolor. No soporto verte así. Cada vez que veo tu piel despedazarse es mi corazón el que se despedaza. Necesitamos hacer algo. Además, si no lo intentas, vivirás cada día pensando que tal vez podrías haber sanado. Que tal vez debiste hacerlo. Eso será tu peor tormento. Necesitamos hacer algo. No podemos quedarnos viendo cómo esta enfermedad nos quita la felicidad.

—Pero Najla. Has visto. He visitado hechiceros y sacerdotes y hasta los médicos reales han intentado sanarme. Estoy cansado de todo esto. Y hacer un viaje tan largo…

—En un principio yo también creí que era una locura pero por la noche estuve pensando y hay algo aquí, en mi corazón que me dice que sí es posible. Cada vez que Miriam me habla de su Dios y de su poder, mi corazón parece estallar de emoción. Algo. Algo se enciende aquí dentro. La muchacha habla con tal convicción. Es más que una creencia. No puedo explicarlo pero es como si ella viviera sustentada por esa fuerza que emana de su Dios. Tal vez ése sea el único Dios verdadero. Eso es lo que Miriam constantemente repite.

—¡Calla, Najla, calla que los dioses oirán tus palabras!

—¡Los dioses! ¿De qué dioses me hablas? Dioses que no pueden ver, dioses que no oyen ni hablan, dioses que no se apiadan del dolor humano. ¿Puedes decirme qué han hecho por ti los dioses? He visitado el templo de Rimón cada tarde. He suplicado. He doblado mis rodillas cada mañana ante los dioses que tienes en nuestro jardín. Y te puedo asegurar que no han oído mis ruegos. Los miro buscando una respuesta. Una pequeña señal. Pero ahí están, inamovibles. Indiferentes. No, ellos no han oído ni oirán mis palabras, esposo mío. No las oirán jamás.

Najla llora desconsolada. Ve que sus ilusiones se derrumban ante la negativa de Naamán quien la mira en silencio por un largo rato. Está confundido. Nunca había escuchado a Najla hablar de esa forma. Mucho menos revelarse de esa manera. Se siente ofendido. Najla ha dudado de sus dioses a los que él ha adorado toda su vida. Sus padres le enseñaron a hacerlo. No entiende lo que sucede en el corazón de su esposa y reacciona bruscamente.

—Vete, Najla. Sal de aquí. Necesito estar solo. Me alegra que tus padres no puedan oír tus palabras. Les causarías un gran dolor.

Najla sale de la habitación llorando. ¿Por qué Naamán no entiende? ¿Acaso ama más a sus dioses que a ella misma?

Naamán pasa todo ese día solo, encerrado en su cuarto. No ha querido comer y no ha permitido que se acerque nadie. Por la noche sale y va a la sala en donde está Najla, que se siente profundamente herida. Su esposo nunca la había tratado mal. Nunca le había levantado la voz. Naamán la mira y simplemente pregunta:

—Najla. ¿Realmente quieres que vaya a Israel?

—Sí, por supuesto que quiero. Es nuestra única esperanza para salir de esta horrible aflicción.

—Entonces, llama a los criados y avísales que mañana por la mañana iré a ver al rey. Que preparen mi ropa. Mañana hablaré con Ben-adad.

—¿Al rey? ¿Te recibirá sin haberle avisado?

—Si ese Dios es verdadero y debo ir a ver a ese profeta, el rey me recibirá mañana mismo. Tengo que pedirle autorización para emprender ese viaje. Y mientras más pronto, mejor.

Najla sonríe de alegría. Está emocionada. Corre y llama a los criados.

—¡Preparen todo y ayuden a mi esposo! Mañana irá a ver al rey.

Al día siguiente, Najla se levanta bien temprano e inmediatamente corre a buscar a Miriam. Necesita ayuda. Es necesario rogar al Dios de Miriam. Por ley, el rey no recibe ni siquiera a su general, sin que se le haya avisado con anticipación. Najla sabe que necesitan la ayuda de Dios ahora mismo.

—¡Miriam!, ¡Miriam! Ruega, Miriam, ruega a tu Dios. Naamán irá a ver al rey. Si el rey lo recibe hoy mismo, sin aviso, entonces, le pedirá autorización para ir a Israel a ver al profeta del cual me hablaste.

—¡Qué alegría, mi señora! Estoy segura de que el rey lo va a recibir. Quédese tranquila.

—Está bien, pero vamos. Vamos a tu cuarto. Tienes que orar. Hazlo. Tu Dios te oirá.

Miriam va a su cuarto para orar. Najla está tan emocionada que entra con ella a la habitación. Miriam la mira como preguntando: «¿Qué hace aquí?» Entonces, al ver la vacilación de la muchacha, le pregunta:

—¿Me puedo quedar mientras oras? ¿Se ofenderá tu Dios? Guardaré silencio. Lo prometo.

—Pues, no lo sé. Creo que Dios recibe a quien se acerque a él con corazón sincero. Creo que puede quedarse.

Entonces se pone de rodillas y ora. Najla, se arrodilla detrás de ella y guarda silencio. No abre la boca; no se atreve a pronunciar palabra. No quiere ofender a Dios pero en su corazón hay un clamor: «Si realmente eres el Dios verdadero, escucha a Miriam por favor y haz que el rey reciba a Naamán hoy mismo».

«Dios del cielo y de la tierra» dice Miriam, «reconozco tu poder y misericordia. Gracias por amarme y gracias por amar también a mi señora Najla y a mi señor Naamán. Tú, padre mío, sabes de su enfermedad y yo sé que deseas sanarlo. Hoy, mi señor irá a ver al rey. Te ruego pues, que toques el corazón de Ben-adad para que reciba a mi señor sin aviso. Así él irá a ver al profeta Eliseo y será sanado de su enfermedad. Confío en ti, Dios».

Al terminar la oración, Miriam se levanta. Najla también lo hace. En sus ojos hay lágrimas. Casi no pueden hablar. En el cuarto hay una presencia maravillosa. Najla dice suavemente:

—Él es real. Pude sentirlo. Ahora sé que él es real. Sólo espero que quiera ayudar a esta mujer indigna y a su marido.

—Claro que sí, señora. Ya verá. Dios nos ayudará en todo esto. Él no nos dejará. El rey recibirá hoy a mi señor.

Ya es la hora. Con gran dificultad y no poco dolor, Naamán se ha vestido con su mejor uniforme de soldado para ir a ver al rey. Sale de la casa ayudado por su escolta y se dirige al palacio real. Al llegar, anuncian al rey que Naamán viene a verlo. Ben-adad ordena que lo hagan pasar. Hace ya varios días que no lo ve y está inquieto por su enfermedad. Naamán se presenta delante él y lo saluda con una reverencia.

—¡Naamán! Me sorprende tu visita tan repentina. ¿Acaso debo alegrarme de que mi mejor soldado está ya mejor de su enfermedad? ¿Te reintegrarás ya a tus labores en el ejército de Siria?

—Lo lamento, mi señor. Cuánto anhelo poder darle una noticia así. Pero esta enfermedad avanza cada día. Se come no solo mi piel; también me quita las fuerzas y el valor.

—Tú eres un hombre valiente. No permitirás que una enfermedad te venza ¿verdad? No, no lo permitas. Debes luchar.

—Es por eso que he venido a verlo, mi señor.

—Dime. ¿Qué puedo hacer por ti?

—Hay una muchacha en casa. Es israelita. Fue traída a Siria como esclava hace ya más de dos años. Ella dice que en Samaria vive un profeta que podrá sanarme.

—¿En Samaria? ¿Quieres que envíe por él? ¿Querrá él venir a verte?

—No, mi señor. La muchacha dice que si voy a verlo yo él me sanará de la lepra. Si usted me autoriza yo quisiera ir hasta Israel.

—Pero el viaje es largo. ¿Crees que podrás soportarlo?

—Debo intentarlo, mi señor. Debo intentarlo.

—¿Y cuando quieres emprender el viaje?

—Mi salud empeora cada día. Creo que debo salir lo antes posible, siempre que mi señor así lo disponga.

—Muy bien. Irás en siete días. Eso nos dará tiempo de preparar todas las cosas. No irás solo. Hay hostilidad hacia nosotros en Israel. Llevarás una guardia real. Y enviaré una carta al rey Joram. Así, te recibirán sin problemas. Y llevarás presentes para el rey y para ese profeta. ¿Te parece bien? Prepararemos todo, desde hoy mismo. En tres días más preséntate ante mí para definir los detalles de tu viaje. Ahora, puedes retirarte; y ve a descansar. En las condiciones en que te encuentras, necesitarás mucha fuerza y valor.

—Muchas gracias, mi señor. Agradezco su apoyo. Todo se hará como usted lo ordene. Con su permiso.

Naamán se retira sorprendido. Nunca antes el rey lo había recibido sin aviso previo. Además, le sorprende su disposición para que haga el viaje; y, más aún, los ofrecimientos que le ha hecho. Se va inmediatamente a casa para comenzar con los preparativos. Allí Najla y Miriam esperan impacientes.

Najla sale al encuentro de su esposo.

—¿Cómo te fue? ¿Te recibió el rey?

Naamán se siente cansado. Y se tarda en responder a las preguntas de su esposa. Esta insiste:

—¡Habla, esposo mío! ¡No me dejes en esta incertidumbre!

—Tranquila, mujer. No seas impaciente. Entra en la casa para que escuches lo que tengo que decirte.

Una vez adentro, Naamán le cuenta con todos los detalles la conversación con el rey.

—No sólo me ha recibido y autorizado mi viaje sino que ha dispuesto una guardia real para que me acompañe. Enviará, además, cartas al rey Joram. Y hasta dispondrá obsequios para que les lleve a él y al profeta.

Emocionada, Najla exclama:

—¡Tú mismo lo dijiste! Si ese es el Dios verdadero, el rey me recibirá. ¿Te das cuenta? El Dios de Miriam es real y ha tenido misericordia de nosotros. Hoy Miriam y yo elevamos una oración a su Dios. Yo pude sentir su presencia. Yo sé que él es el verdadero Dios.

—Veo que esa muchacha tiene gran influencia en ti. Espero que todo sea para bien; además, no quiero que te ilusiones más de lo debido. Aún tengo que hacer ese largo viaje, encontrar a ese profeta y esperar que me sane. No estoy seguro de estar haciendo lo correcto. No sé si soportaré el largo camino que debo recorrer.

—Esposo mío —le responde Najla—, la parte más difícil del camino ya la hemos recorrido. Al menos ahora, hay una luz de esperanza. Yo confío en que todo saldrá bien. Iré contigo. Debo acompañarte.

—De ninguna manera. No voy a arriesgarte. El camino no sólo es largo sino que es peligroso. No sabemos cómo reaccionarán los israelitas de la frontera. Recuerda todo el daño que nuestros soldados les han causado. Te quedarás en casa. Miriam será tu compañera durante este tiempo. Debes esperar. Regresaré lo antes posible.

Desde aquel día, Najla cambia su semblante. Se la ve tranquila, emocionada e inquieta. Le preocupa el viaje de su esposo, pero tiene fe. Cree que Naamán regresará sano a casa, y que todo será como antes. Miriam le ayuda en los preparativos. Son tantas cosas. Naamán se ausentará de la casa al menos por dos meses. Será necesario cuidar hasta el más mínimo detalle. Debe llevar suficiente ropa y comida para él y sus siervos. A Najla aquello le recuerda las ocasiones en que Naamán salía para librar alguna batalla. Esta vez, la batalla es contra la enfermedad. Esta vez su marido tendrá que librar la batalla de la fe. Pero esta vez ella luchará con él. Desde su hogar junto a Miriam. Además y, como siempre, está segura de que saldrá victorioso. Dios estará con él. No lo abandonará.

CAPÍTULO

5

El viaje de Naamán

Por fin llega el día. La guardia real que acompañará a Naamán está lista. También la carta para el rey y los presentes que llevará en gran cantidad.

Muy temprano en la mañana, Naamán reúne a Lina, a Miriam y a su esposa para decirles:

—Ha llegado la hora. Me ausentaré por un largo tiempo. Lina, me llevo a varios de los sirvientes de la casa así que he ordenado a Eliel quedarse con ustedes. Acomódalo en algún lugar. Se quedará aquí hasta mi regreso. Te será útil en las labores pesadas de la casa. Miriam, espero que tu Dios me acompañe y cuide de ustedes aquí. Confío en que encontraré a ese profeta, del cual has hablado a Najla. Por favor, cuida de mi esposa. No permitas que la tristeza haga presa de ella. Y ruega, muchacha. Ruega a tu Dios por mí.

En seguida sale de la casa junto a su esposa y se despide de ella, diciéndole:

—Najla, volveré pronto. Quiero que estés tranquila. No desmayes. Confía, debemos tener confianza de que todo saldrá bien. No te aflijas por mí que sabré cuidarme.

—Esta vez —replica ella—, estoy mucho más tranquila que tú, amor mío. No te preocupes por nosotros. Aquí todo estará bien para cuando tú regreses. Y sano.

Naamán la abraza. Hacía mucho tiempo que no se acercaba a su esposa. Najla piensa que esto es una señal de que realmente cree que sanará. Luego se retira, emprendiendo el viaje hacia Israel.

Lleva consigo a algunos soldados y a sus siervos más cercanos. Como el viaje desde Damasco a Samaria será largo y agotador, lleva también varios carruajes con sus caballos. El rey Ben-adad le ha enviado cartas al rey Joram, de Israel; además, algunos camellos cargados de tres quintales de plata, seis mil monedas de oro y diez trajes.

Los hombres que acompañan a Naamán van muy preocupados por él. En el camino y a poco andar, Naamán se siente tan enfermo y cansado que piensa que morirá. Pero el recuerdo de su esposa lo reanima. Ella espera por él. Debe ser fuerte hasta encontrar al profeta.

La caravana avanza lentamente. Han recorrido ya varios kilómetros. La frontera se acerca. Antes de cruzar, deciden detenerse a acampar. Quieren que Naamán descanse.

A la mañana siguiente, todos entran en estado de alerta. Temen que los israelitas piensen que se trata de bandas armadas e intenten repelerlos. Por fin cruzan la frontera. Naamán ruega porque todo se lleve a cabo en paz. Ya no tiene fuerzas para luchar. Hasta aquí no han tenido problemas pero un poco más adelante se encuentran con una guardia del ejército israelita. Se acercan con cautela. La comitiva se detiene. Naamán reúne todas sus fuerzas para bajar de su carruaje e ir personalmente a entrevistarse con el oficial a cargo.

—Soy Naamán —le dice—. General del ejército sirio.

—¿Vienes en paz?

—Vengo de parte del rey Ben-adad. Traigo cartas para tu rey.

Le muestra las cartas que Ben-adad le envía al rey Joram. Después de leer atentamente, el oficial dice:

—Muy bien. Aún te resta un largo camino. Te acompañaré hasta la próxima guardia para que puedas avanzar sin contratiempos.

Es así como la caravana es escoltada por soldados israelitas hasta Samaria.

Naamán se siente extraño. Es como si todo estuviera preparado para su llegada a Israel. Sin embargo, durante el largo viaje tiene varias crisis. Sus fuerzas decaen al extremo de tener que detener el avance por un par de días y acampar. Hay ocasiones en que quisiera regresar a casa. Se siente humillado al tener que buscar ayuda en Israel. Él, el general del ejército sirio. Él, que ha ganado tantas batallas para su pueblo ahora debe doblegarse ante sus enemigos. Quisiera que todo esto terminara lo antes posible, pero los fuertes dolores, la fatiga y el cansancio se lo impiden. Durante las noches piensa en Najla. Eso lo alienta para continuar su camino. Por momentos, en lo profundo de su corazón hay un clamor. «Jehová, si tú eres realmente el único Dios verdadero, por favor, ¡ayúdame a llegar! ¡Sólo te pido que me ayudes a llegar a Samaria!»

Después de varios días, la caravana arriba a Samaria. El rey ha sido avisado de la presencia de Naamán y su comitiva. A la mañana siguiente, Naamán es llevado ante la presencia del rey Joram quien se muestra particularmente inquieto por aquella visita. Naamán hace una reverencia y se presenta ante el rey:

—Mi señor. Soy Naamán, general del ejército del rey Ben-adad. Agradezco que accedieras a recibirme.

—¿Naamán? ¿El hombre por el cual Jehová ha dado salvación a Siria? Sí, he escuchado hablar de ti pero no me habían dicho que...

—¡Que soy leproso! Puedo entender tu asombro, mi señor. Hace ya un tiempo que esta enfermedad se ha apoderado de mí.

—Lo siento mucho. Debe ser duro para un soldado como tú; pero dime ¿a qué debo el honor de tu visita?

—He traído para ti una carta de parte de mi señor, el rey. Él te envía sus saludos y algunos presentes que espero tengas a bien aceptar.

—Me siento confundido ante tanta amabilidad de parte de tu rey. Agradezco sus presentes. Te ruego aceptes nuestra hospitalidad. Imagino que te quedarás en Samaria por algunos días.

—Sólo lo necesario, mi señor. Con que nos faciliten un lugar para instalar nuestro campamento te estaré muy agradecido. Vengo acompañado de un grupo numeroso de ayudantes.

—Muy bien. Ordenaré que te guíen al mejor lugar disponible. Ahora, ve, descansa. Leeré la carta de Ben-adad y lo más pronto que sea posible le enviaré una respuesta.

Joram, ordena a los sirvientes reales que atiendan a Naamán y a toda su comitiva. Una vez que éste se retira de su presencia, lee atentamente la carta que Ben-adad le ha enviado. La carta dice lo siguiente:

Cuando llegue a ti esta carta, sabe por ella que yo envío a ti a mi siervo Naamán, para que lo sanes de su lepra.

Al ver la carta, Joram se siente aún más confundido. Llama a sus consejeros, los que se presentan de inmediato.

Con evidente molestia, les dice:

—¡Miren! Vean la carta que me ha enviado Ben-adad. ¿Acaso soy yo Dios, que mate y dé vida para que envíe a mí a que sane a un hombre de su lepra? ¡Vean cómo busca ocasión en mi contra! Algo planea ese malvado.

Enojado, Joram grita al tiempo que rasga sus vestidos reales. Cree que Ben-adad busca motivo para atacar a Israel. Sus consejeros intentan calmarlo. Pero también se sienten confundidos ante tal provocación.

Después de una larga sesión en la que cada uno da su parecer, Joram despide a los consejeros y se encierra en su recámara. No sale por dos días. Ni siquiera ha querido probar alimento. Se siente amenazado y desconcertado.

Los consejeros reales siguen en busca de una solución. De pronto, uno de los hombres dice:

—Tal vez debamos buscar ayuda en Jehová, nuestro Dios. El profeta Eliseo nos dirá lo que debemos hacer. Vamos a visitarlo y a hablar con él.

Sin más demora se dirigen a la casa de Eliseo. Se presentan ante él y le cuentan lo sucedido:

—Mi señor. Gracias por recibirnos, venimos en busca de tu consejo.

—Díganme. ¿Qué aflige ahora el corazón del rey?

—Se ha presentado ante él el general Naamán del ejército de Siria. Ha contraído lepra. Trajo consigo cartas de Ben-adad en las que solicita al rey que lo sane de su lepra. El rey se ha afligido en gran manera al punto de que por dos días no ha probado bocado. Es por esta causa que venimos ante ti para que consultes a Jehová nuestro Dios sobre este asunto.

Eliseo les responde con seguridad y autoridad:

—¿Acaso el rey no sabe que hay profeta en Israel? ¿Acaso se ha olvidado de las grandes victorias que Jehová ha dado a su pueblo? Vayan y díganle: ¿Por qué has rasgado tus vestidos? Envíame a ese hombre y sabrá que hay profeta en Israel.

Los consejeros vuelven esperanzados al palacio y se presentan de inmediato ante el rey. Le comunican lo que Eliseo ha mandado a decirle. Al escuchar el mensaje, el corazón de Joram encuentra alivio y decide salir lo antes posible de este problema.

Al día siguiente, ordena que traigan ante su presencia a Naamán y sin mayores preámbulos le da la noticia:

—¡Naamán! Hoy serás sanado de tu lepra. Debes ir a casa de Eliseo, el profeta. Ya todo está arreglado. Él te recibirá.

El general se retira. Trata de ocultarlo pero se siente extraordinariamente animado ante la idea de que pronto estará frente a Eliseo. Recuerda las palabras de Miriam y se dice: «Es el profeta que Miriam mencionó. La muchacha tenía razón».

Ordena a sus criados preparar todo y salir inmediatamente a ver al profeta. Hoy es un día especial. Mientras todo se prepara, Naamán divaga pensando cómo será el proceso. ¿Qué hará Eliseo para sanarlo? Tal vez se requiera mucho tiempo; tal vez demande sólo un segundo. «Pero sanaré», se dice, dándose ánimo. «Estoy seguro de que sanaré».

Por fin, todo está preparado. Guiados por un sirviente del rey, la caravana se dirige a casa de Eliseo. Después de recorrer un par de kilómetros, el sirviente anuncia:

—¡Aquella, mi señor! Aquella que se ve a lo lejos es la casa del profeta Eliseo.

A medida que se acercan a la casa, el corazón de Naamán palpita más y más rápido. Está emocionado y algo nervioso. Ha cargado con esta enfermedad ya por tanto tiempo. La vida ha sido dura para él y Najla estos últimos años. Por fin una esperanza. Por fin una posibilidad aunque por momentos, duda. Es que lo ha intentado tantas veces; ha acudido a tantos lugares y personas. Algo dentro de su corazón, sin embargo, le dice que esta vez será diferente.

Pronto, se detienen frente a la casa de Eliseo. Es el siervo del rey el encargado de anunciar a Giezi, siervo de Eliseo, la ilustre visita. Giezi corre dentro de la casa.

—Mi señor, mi señor. Es Naamán, el general sirio, del que le hablaron los consejeros del rey. ¡Está aquí! Ha venido con todos sus carruajes y caballos cargados. Con soldados sirios y varios sirvientes.

Eliseo no comparte la alteración de su siervo; más bien, con voz calmada pero segura, le dice:

—Muy, bien. Anda y dile lo siguiente: «Ve y lávate siete veces en el río Jordán y tu carne se te restaurará y serás limpio».

Desconcertado, Giezi le pregunta:

—Mi señor, ¿no saldrás a recibirlo?

—Ve y haz lo que te he ordenado.

En silencio, Giezi obedece la orden del profeta dirigiéndose hasta donde se encuentra estacionada la caravana. Naamán está de pie, esperando que Eliseo salga a recibirlo. Pero en su lugar y para su sorpresa ve venir al sirviente quien le dice:

—Señor, el profeta Eliseo ha dicho: «Ve y lávate siete veces en el Jordán. Y tu carne se te restaurará y serás limpio».

El siervo se retira inmediatamente y entra en la casa.

Naamán ha quedado anonadado. No puede creer lo que ha sucedido. Su corazón se llena de ira. Mira a sus siervos quienes esperan la reacción de su amo y se retira enojado, diciendo:

—Yo pensé que él saldría y que invocaría el nombre de Jehová su Dios. Y que alzaría su mano, tocaría el lugar y sanaría la lepra. Abana y Farfar, ríos de Damasco, ¿no son mejores que todas las aguas de Israel? Si me lavare en ellos ¿no seré igualmente limpio?

—Vamos —dice Naamán—. ¡Nos regresamos a Siria! Nunca debí venir a este lugar. Ese hombre está loco. Se está burlando de mí y de mi desgracia. ¡Salgamos de aquí!

La caravana comienza su camino de regreso. Los criados van desolados. Los soldados que lo acompañan se miran unos a otros. No se atreven a pronunciar palabra. Las esperanzas de Naamán y de todos se han derrumbado. Hay tristeza en el grupo. Han viajado tanto para esto. De pronto, alguien alza la voz para decir:

—Tenemos que hacer algo. No podemos irnos así. Mi señor tiene que intentarlo.

—Estoy de acuerdo —dice otro—. Vamos, hablemos con él. Quizás quiera escucharnos y logremos que lo intente.

Sus criados más cercanos se acercan a él con mucho temor, pero con gran respeto y afecto.

—Padre mío —le dice uno que hace de vocero—, si el profeta te mandara alguna gran cosa ¿no la harías? ¿Cuánto más diciéndote: Lávate y serás limpio? Hemos hecho este viaje tan largo. Haz hecho la parte más difícil de todo esto. ¿Nos regresaremos a Siria sin siquiera intentarlo? Vamos, mi señor. Nosotros te acompañaremos. Vayamos al Jordán. Estamos tan cerca.

Naamán guarda silencio. Los mira atentamente.

¿Cuál es la motivación de estos hombres? ¿Es posible que sientan algo de afecto por él y quieran realmente que sea sano? Se siente abrumado ante tal muestra de afecto. Después de unos momentos, les dice:

—Avanzaremos un par de horas más y acamparemos. Por la mañana tomaré una decisión.

Aquella noche la caravana se detiene cerca del Jordán para descansar y dormir. Los sirvientes están inquietos. Esperan que su amo recapacite e intente recibir su sanidad haciendo lo que el profeta ha ordenado. Naamán casi no duerme. Piensa en Najla. ¿Qué diría ella de todo esto? Sin duda que lo intentaría, claro que sí. Najla es humilde, es sencilla. Pero él es altivo y orgulloso. Las palabras de sus sirvientes resuenan en su cabeza. Puede ver sus rostros suplicantes.

«¿Qué haré? Soy un general. El rey envió cartas. ¿Por qué debo humillarme de esta forma? ¿Cómo pueden las aguas del Jordán limpiar a una persona? Si me sumerjo en ellas, me enfermarán mucho más.

Pero ¿qué pasa conmigo? Primero esta lepra horrible. Luego escucho a una sirvienta y le doy crédito a sus palabras. Vengo hasta aquí y ahora el profeta ni siquiera se digna recibirme, y me ordena entrar en esas sucias aguas para ser sano. Estoy realmente confundido. Cuando veníamos, he llegado al punto de rogar a Jehová, el Dios de Israel. Creo que esta enfermedad me está enloqueciendo. Si entro a esas aguas y no sano seré el hazmerreír de todo Israel y hasta de toda Siria. No. No puedo hacerlo».

Por la mañana, Naamán se levanta muy temprano. Hace venir a sus siervos.

—Muy bien —les dice con determinación—. No sé por qué, pero lo haré. Vamos, acompáñenme al Jordán. Vamos a ver si lo que ha dicho este profeta es real. Vamos a ver si en Israel hay Dios.

Los siervos están felices. Acompañan con entusiasmo a su amo. Ellos creen que algo sucederá. Se apresuran. No quieren que Naamán se arrepienta de la decisión que ha tomado. Una vez a la orilla del río le ayudan a sacarse la ropa. Pero cuando quieren retirarle su capa, les dice:

—No. Yo lo haré solo.

Naamán sabe que no es sólo una pieza de ropa que cubre su cuerpo enfermo lo que se está sacando de encima. Es más que eso. Es la capa del orgullo que lleva en el alma, es la capa de soberbia que tiene arraigada en el corazón. En unos segundos, queda desnudo. Por dentro y por fuera. Mientras procede a quitarse la ropa, un pensamiento fugaz cruza por su mente. «Pareciera» se dice «que cuando nos despojamos de lo nuestro es cuando el Dios de Miriam y de este profeta a quien hasta ahora solo conozco de nombre nos viste con lo suyo». Luego, lentamente, entra en el agua. Siervos y soldados están expectantes. Hay un silencio sepulcral. Sólo se escucha la brisa y el ruido que producen las aguas al correr. Todos retienen la respiración. Naamán se zambulle una vez. Todos miran. Esperan ver algún cambio pero no; todo sigue igual. Naamán mira sus manos y, ansioso, recorre su cuerpo con la vista. Duda.

«Vamos, mi señor, sólo faltan seis», le grita alguien desde la orilla.

Naamán suspira y vuelve a zambullirse. Una y otra y otra vez. Pero nada cambia. Todo sigue igual. Por momentos, siente el deseo de dejar todo hasta ahí. Quiere salir del agua. Pero sus criados están atentos. Ahora ya no es uno sino que son varios los que lo alientan a seguir.

«Continúa, mi señor. Hazlo nuevamente».

«Sólo faltan tres. Sólo tres más...».

Naamán guarda silencio. Lucha. Cada vez que se sumerge en el agua, lucha. Lucha contra su enojo y contra su orgullo. Lucha contra su falta de fe. Lucha contra el temor. Ya van seis veces. Se mira las manos, los brazos, el dorso y ve que todo está igual. Pero ya no volverá atrás. Solo falta una. Sola una vez más. A la orilla del río hay emoción. Unos dudan; otros ni siquiera se atreven a mirar. Hay quienes abren grandes ojos pues no quieren perderse un solo detalle. Hasta la brisa parece haberse detenido. Todos callan. Las aves guardan silencio. Parecen atentas a lo que está sucediendo. El agua está quieta. El cielo parece abrirse sobre ellos. El sol y las nubes son testigos del momento. Naamán se sumerge por última vez. Lentamente. Permanece unos segundos bajo el agua como queriendo dar un poco más de tiempo para que se produzca el cambio esperado. Todos están con la mirada fija en el general. Repentinamente, Naamán emerge. Nadie habla. No están seguros de lo que ven. Algunos creen que sí... parece que algo pasó... pero no se atreven a aceptarlo. Naamán se mira y comienza a gritar, fuera de sí.

«¡Estoy sano!, ¡Estoy sano! ¡La lepra se ha ido! ¡Ya no está!»

Como movido por una urgencia arrolladora, sale del agua. Grita, ríe, llora y va de un lado a otro. Una felicidad desbordante hace presa de él. Los sirvientes y soldados que lo acompañan celebran con gritos y bailes. Se abrazan unos a otros; comentan el sorprendente milagro que acaban de ver. De pronto, el general abraza a uno de sus sirvientes; lo toma de los hombros retirándolo de él. Lo mantiene así por unos segundos, las manos firmemente sobre los hombros de su siervo. Pareciera que sólo en ese momento se da cuenta del verdadero milagro que acaba de ocurrir. Se mira la piel y la ve como la de un bebé. Es maravilloso. Pero también siente que algo ha cambiado en su interior. Dios no sólo ha quitado la lepra de su piel. También ha quitado la lepra de su interior. Continúa mirando fijamente a su siervo. El hombre tiembla. No sabe qué hacer. La emoción lo confunde. Está tan feliz que abraza a su amo. No quiere faltarle el respeto. Naamán lo mira y con lágrimas en los ojos lo atrae hacia él y también lo abraza. Lo abraza por largo rato y llora. Ambos lloran. El sirviente no entiende el porqué del abrazo de su general. Naamán sí lo sabe. Dios ha cambiado su piel y ha cambiado también su corazón. Salió del agua siendo otra persona. Ya no es el mismo. Y nunca más será el mismo.

La algarabía es general. El grupo no deja de celebrar. Hasta que Naamán levanta la voz para decir:

—¡Preparen todo! Regresaremos inmediatamente a Samaria. ¡Vamos a ver al varón de Dios!

Sin más tardanza se dirigen hacia la casa de Eliseo. Ahora, Naamán en una actitud muy diferente a la anterior. Al llegar, desciende del carruaje y se dirige a la casa. Eliseo lo espera. El sabía que Naamán regresaría. Sale de la casa acompañado de Giezi, su siervo. En cuanto Naamán lo ve sabe que es él, y se postra diciendo, con profundo respeto:

—Ahora sé que no hay Dios en toda la tierra sino sólo en Israel. ¿Cómo podré agradecer lo que has hecho por mí? Te ruego que aceptes algún presente de tu siervo.

Eliseo lo observa y escucha en silencio:

—Vive Jehová —le dice—, en cuya presencia estoy, que no aceptaré nada.

—Por favor, mi señor Eliseo. Te lo ruego. Escoge tú mismo lo que desees de los obsequios que he traído desde Siria.

—No. Dije ¡nada!

—Muy bien. Te ruego entonces, que me permitas llevarme dos cargas de esta tierra para construir en mi casa un altar para Jehová Dios. Porque a partir de hoy ni yo, ni mis siervos, ni nadie que habite en mi casa ofrecerá holocaustos ni sacrificios, ni adorará a otro dios. Sólo el Señor será exaltado en mi hogar. Y cuando mi señor, el rey Ben-adad vaya a adorar al templo de Rimón y se apoye en mi brazo, y yo me vea obligado a inclinarme, desde ahora ruego a Jehová Dios que me perdone.

—Puedes ir en paz —responde Eliseo—. Dios vaya contigo.

—Mi señor, si algún día vas a Siria no olvides que en Damasco habrá una casa esperando por ti. Mi familia y yo te recibiremos con profunda alegría.

Se despiden y la caravana se dirige al palacio de Joram. Naamán debe comunicar al rey su retirada de Israel y su regreso a Siria.

—¡Naamán! —exclama el rey al volver a reunirse—. Por lo que veo, vienes de casa del profeta. Jehová nuestro Dios ha mostrado su poder y su misericordia, actuando en tu favor.

—Sí, mi señor. Me siento profundamente agradecido. Mañana mismo mis acompañantes y yo nos regresaremos a Siria.

—Muy bien. Te ruego, que lleves mis saludos a tu rey, y que agradezcas los presentes que me ha enviado. Que Dios sea contigo.

—Muchas gracias, rey Joram. Mi rey, Ben-adad, sabrá de tu hospitalidad y gentileza.

Al final de ese primer día de viaje, la caravana acampa en las afueras de Samaria. Por la noche, se escuchan cantos y ruidos de celebración. Hay motivos suficientes para hacerlo. Naamán ha obtenido por fin la sanidad que tanto había buscado. Las celebraciones se extienden hasta que se asoman las primeras luces del alba. Hay que dormir porque dentro de unas horas deberán seguir viaje. Pero no importa dormir poco. La alegría es mayor que el cansancio.

Por la mañana se levantan temprano. Para Naamán aquel sí que es un nuevo día. Está sano. Se siente alegre. Ha despertado a una nueva vida colmada de las bendiciones del Dios de Israel, que ahora es también su Señor.

Mientras los siervos preparan todo para partir, a lo lejos ven acercarse a un hombre. Es Giezi, el criado de Eliseo. Naamán se siente feliz de verlo y se apresura a recibirlo.

—Giezi. ¿Te ha enviado tu señor?

—Sí, mi señor; mi amo me ha enviado con un mensaje para ti.

—Dime, ¿en qué puedo servir a tu amo?

—Él ha dicho que dos jóvenes de la comunidad de profetas acaban de llegar de la sierra de Efraín. Te ruego que me des para ellos tres mil monedas de plata y dos mudas de ropa.

—¡Por favor! Con gusto te daré lo que me pides. Pero te ruego que lleves seis mil monedas.

Luego Naamán llamó a dos de sus criados y les ordenó poner las monedas y la ropa en dos sacos y que acompañaran a Giezi para ayudarle a llevar la carga.

Caminaron hasta una colina cerca de la casa de Eliseo. Entonces Giezi les dijo:

—Por favor, les ruego que regresen a su señor no sea que se moleste a causa de la demora. Yo seguiré solo.

Los hombres regresaron y después que todo estuvo preparado la caravana reanudó el viaje de regreso al hogar.

Naamán quiere llegar lo más pronto posible. Sabe que Najla lo espera ansiosa, y él quiere compartir con ella la alegría que lo embarga. Si bien el viaje será igualmente largo que en la venida, ahora todo es diferente. Naamán ha recuperado sus fuerzas, está lleno de entusiasmo y con deseos de cambiar muchas cosas en su hogar. Sobre todo, va lleno de paz. La paz que Dios ha puesto en su corazón.

CAPÍTULO

6

Naamán sano y en casa

Para Najla, los días han sido largos. La incertidumbre de no saber lo que ha sucedido con su esposo la angustia. Miriam logra calmarla. Oran diariamente. Najla no ha vuelto al templo de Rimón. Mucho menos se ha inclinado ante las imágenes que tiene en el jardín. Y no quiere volver a hacerlo. En su corazón sabe que sólo hay un Dios. Miriam le ha trasmitido su creencia y su fe.

La relación entre ambas se hace cada vez más estrecha. Se han acompañado mutuamente durante la ausencia de Naamán. En ocasiones, Miriam siente temor y piensa: «Tal vez no haya sanado de su lepra. Tal vez me odie cuando regrese. ¿Qué habrá pasado? Dios mío, ¿qué habrá sucedido con él? No. Estoy siendo presa del temor. Si ha encontrado a Eliseo, seguro que él lo ha sanado. Cuando llegue, seguramente tendré que volver a mis labores en la casa. Todo será como antes. Espero que al menos me permitan seguir acompañando a la señora por las tardes. Ella es tan buena, tan dulce. Y ahora que puedo hablarle de mi Dios, es mejor aún. Bueno, lo que suceda estará bien, si mi señor ha sido sanado. Eso es lo que importa ahora».

Una tarde, cuando ya casi anochecía; un soldado llega velozmente en su cabalgadura. Es de la compañía de Naamán. Eliel sale a recibirlo:

—Vengo de parte de mi señor, Naamán. Necesito hablar con la señora. El mensaje que traigo debo entregárselo personalmente.

Eliel entra rápidamente a la casa y llama a su ama.

Najla acude presurosa. Quiere escuchar las noticias sobre su esposo.

—Mi señora. Vengo de parte de mi general Naamán para avisarle que él estará de regreso mañana por la tarde; que irá directamente a ver al rey y luego vendrá a su casa. Desea que usted lo espere aquí, en la casa; que reúna a todos los criados y a Miriam, su sirvienta.

—¿Cómo está él? ¿Qué ha sido de su lepra?

—Mi señora. Excúseme pero no estoy autorizado para hablar más. Debo ir ahora al palacio y presentarme ante el rey para solicitar audiencia para mi general.

—Está bien. Puedes retirarte.

Najla se emociona. Su esposo viene de regreso. Después de escuchar la noticia entra presurosa a la casa. Lo primero que hace es contarle a Miriam lo sucedido. Luego ambas comienzan con los preparativos para la llegada de Naamán. Miriam se siente muy nerviosa. ¿Qué pasará? ¿Habrá sanado su señor?

Para todos en la casa ésta es la noche más larga de sus vidas. Las horas se hacen interminables. Todos anhelan ver, saber lo que ha sucedido con Naamán. Es difícil concebir el sueño con tanta emoción acumulada en el corazón.

Al día siguiente, las actividades comienzan muy temprano. Todo debe estar listo para cuando llegue el señor. Él siempre ha sido muy exigente y ahora menos que nunca nadie querría provocar su enojo.

Por fin, por la tarde se oye que ya ha llegado al palacio. El rey Benadad está al tanto de su arribo. Naamán solicita entrevistarse con él a solas. Se presenta con sus vestimentas de soldado y con una capa que lo cubre casi por completo.

—¡Naamán! —le dice el rey, verdaderamente emocionado—. Me alegra ver de regreso al mejor de mis generales.

—Gracias, mi señor. Quise venir primeramente ante usted para presentarme y entregarle los saludos del rey Joram, quien agradece sus presentes. Debo informarle que he sido bien recibido en Israel. Desde que cruzamos la frontera contamos con una compañía militar israelí que resguardó nuestro camino. También, quiero solicitarle ser reintegrado a mis actividades de soldado lo antes posible.

—¿Pero, cómo te fue, Naamán? ¿Has encontrado al profeta del cual me hablaste? ¿Ha podido su Dios sanarte de la lepra?

Naamán se saca lentamente la capa que lo cubre. El rey lo mira con asombro. Su piel es como la de un bebé. El cambio es impresionante. Ben-adad está estupefacto. Jamás había visto algo igual.

—Debo reconocer el poder del Dios de Israel. Y a ese profeta —dice.

—Jehová Dios, es Dios verdadero, su poder es inigualable. Y sus maravillas son incontables —replica Naamán.

—Me asombra tu devoción hacia el Dios de los israelitas —le dice el rey—. Y, dime, ¿cuál es el nombre del profeta que ha podido sanarte?

—Eliseo, mi señor.

—Pues, agradezco a Eliseo haberme devuelto a mi mejor guerrero. En unos días podrás ponerte nuevamente al frente del ejército. Ahora regresa a tu casa. Najla debe estar esperándote.

Naamán se retira para ir por fin al encuentro de su amada esposa. Tiene que contarle tantas cosas. Ha pedido que todos se reúnan para recibirle. Quiere que todos sepan lo que Jehová Dios ha hecho no sólo en su carne sino también en su corazón.

Najla permanece en casa. Está nerviosa y ansiosa por ver a su esposo. De pronto, Eliel entra corriendo y anuncia:

—¡Mi señor Naamán viene llegando!

Todos corren de un lado a otro. Deben estar reunidos en la sala esperando. Najla corre afuera para recibirlo. Al verlo, su corazón parece estallar de alegría. Camina hacia él para abrazarlo mientras grita de felicidad.

—¡Naamán, Naamán, estás sano! ¡Tu piel está completamente limpia¡ ¡Oh Dios. Gracias, Dios mío! Lo sabía. Lo sabía. Algo en mi corazón me anunciaba que el milagro estaba hecho. Hemos orado junto a Miriam, cada día. Hemos rogado por ti. Dios no nos falló. Él es el Dios vivo y verdadero.

Naamán está emocionado. Toma las manos de su esposa, la mira a los ojos y le dice:

—Gracias, Najla. Gracias por tu apoyo y fortaleza. Sin ti, esto nunca hubiese sido posible. Necesito que sepas que he cambiado. Dios no sólo ha limpiado mi piel; no sólo ha sanado mi cuerpo enfermo; él ha sanado mi corazón. Dios me ha limpiado por dentro. Soy otro, Najla. Desde hoy las cosas cambiarán. Lo prometo.

Los esposos se besan y se abrazan. Ambos están tan felices por todo lo que están viviendo.

Mientras tanto, Miriam se ha quedado en la sala, junto a los demás. Esperan la entrada del general. Por los gritos de Najla, ya todos se han dado cuenta de que Naamán viene sano. Mientras esperan, comentan sobre la noticia y se alegran. Miriam ora en silencio y da gracias a Dios. Se siente feliz, por Najla y por el mismo Naamán. Dios ha sido fiel y ha respaldado su fe. Se siente extraña. Está feliz por sus amos. Quisiera estar celebrando con ellos pero no le corresponde. Ella es sólo una esclava. En su mente, regresa a Israel. Recuerda y se pregunta: «¿Habrá Naamán visto a Eliseo? Si yo hubiese podido estar allí; si hubiese podido hablarle al profeta. ¿Qué será de mí ahora, Dios mío? Si me trajiste a Siria para que Naamán fuera sano, ahora, ¿qué tienes para mí? ¿Podré algún día regresar a casa?»

En ese momento alguien se acerca y toca su hombro. Es Lina, su amiga y compañera. Miriam se lanza a los brazos de Lina y llora.

—¿Qué pasa Miriam? ¿Acaso no ha sucedido lo que querías? ¿No estás feliz por la sanidad de nuestro señor?

—Sí, Lina, por supuesto que sí. Estoy tan feliz como no puedes imaginar. La felicidad de ellos es la mía. Es sólo que estoy emocionada. Naamán viene de Israel. Viene de estar con Eliseo, ¿entiendes? Son los recuerdos, Lina. Son sólo los recuerdos.

Aún están hablando cuando la puerta se abre. Son los esposos que entran radiantes de felicidad.

Todos permanecen en silencio y en sus lugares, y aunque están admirados por la sanidad de su amo, no se atreven a pronunciar palabra. Naamán los mira y dice sonriendo:

—¿Acaso no han visto? Vuelvo sano de mi enfermedad. Dios me ha librado de la lepra. ¿No hay alguien aquí que se alegre conmigo?

Eliel alza la voz en nombre de quienes habían quedado en la casa:

—Nos alegra ver tu sanidad, mi señor. Dios ha escuchado nuestros ruegos.

—Gracias, Eliel. Sé que durante todo este tiempo han estado rogando por mí.

Naamán permanece junto a su esposa. Najla luce más feliz que de costumbre. La felicidad parece brotar por sus poros. Sus grandes ojos brillan como nunca.

Naamán comienza a hablar a sus siervos. Nunca antes lo había hecho de esa manera tan cercana y amable. Los siervos están admirados por la sanidad, pero sobre todo por el evidente cambio en su actitud hacia ellos. Les abre su corazón y les habla de lo que Dios ha hecho en él.

—Como ven. Jehová Dios, a través de su profeta Eliseo, me ha sanado. Me ha devuelto a la vida. Dios me ha dado una nueva oportunidad. Ha sido una experiencia sobrenatural. Estoy agradecido porque Dios ha tenido misericordia de mí.

Los sirvientes se sienten emocionados. Aunque un amo justo, Naamán nunca fue muy amable con ellos. Ellos lo respetan y ahora se sienten contentos y también agradecen a Dios por su sanidad.

Les continúa diciendo:

—Desde hoy en adelante, Jehová el Dios de Israel será nuestro Dios. En esta casa se le honrará sólo a él. He traído de Samaria dos cargas de tierra. Mañana mismo ordenaré que se construya un altar para ofrecer holocausto y sacrificio a Jehová. Toda imagen de cualquier otro dios será quitada de esta casa. No adoraremos a Rimón ni a ningún otro dios. He aprendido que sólo hay un Dios, Jehová, el Señor.

A estas alturas de la conversación, Miriam se siente satisfecha. Todos en la casa honrarán a Jehová, su Dios. Eso llena su corazón de alegría. Ve a su amo sano y además tan cambiado que le parece otra persona. Naamán sigue sorprendiendo a todos con sus palabras. Ahora se dirige directamente a quienes han sido sus sirvientes durante mucho tiempo:

—Quiero que todos sepan que valoro el trabajo que hacen en esta casa. Y si he cometido alguna falta con alguno de ustedes, les ruego que me perdonen. Desde hoy, las cosas aquí cambiarán.

Luego, se dirige a Miriam. Tiene mucho que agradecerle. Ha preparado algo especial para ella. Dice:

—Miriam. No tengo palabras para agradecer lo que has hecho por mí y por mi esposa. No hay ni habrá forma de compensar la felicidad que nos has traído. Has sido luz en medio de un tiempo de tanta oscuridad para esta casa. Dios mismo fue quien te trajo a nosotros. Eres una muestra de la misericordia de Dios hacia nosotros.

Emocionada, lágrimas corren por las mejillas de Miriam; después de escuchar a su señor, intenta hablar pero las palabras parecen atropellarse en su mente. Finalmente, logra decir:

—Mi señor, agradezco sus palabras pero sólo he actuado en respuesta al afecto que en esta casa he recibido.

Naamán la interrumpe:

—Mereces estos elogios y mucho más Miriam. Sé que Najla estará de acuerdo conmigo en lo que quiero pedirte.

Najla mira a Naamán como preguntando de qué se trata. El sonríe y continúa:

—Miriam, quiero rogarte que en prueba de nuestra gratitud aceptes este anillo. Es el sello de nuestra familia. Estaba reservado para nuestro primer hijo. Pero Dios no nos concedió la dicha de tenerlo; siento que en ti, Jehová nos ha regalado una hija maravillosa. Si aceptas este anillo, en toda Siria serás reconocida como la hija de Naamán, el general del ejército del rey y de su esposa Najla. Para nosotros este sería un gran honor.

Miriam no sabe qué decir. Las lágrimas corren por sus mejillas.

—Miriam —dice Najla—. Acepta por favor el presente que te queremos dar; es simplemente la muestra de lo que sentimos por ti.

—Si lo aceptas —continúa Naamán—. Nuestras tierras serán tuyas. Nuestra casa te pertenece. Nuestros sirvientes serán tus sirvientes.

En ese momento, Miriam comienza a llorar sin control. Lo que está escuchando es demasiado para ella. Cae de rodillas y es el mismo Naamán quien corre a levantarla. Mientras la alza, le dice:

—Nunca volverás a doblar tus rodillas ante nadie que no sea tu Dios. Nunca volverás a ser tratada como una esclava. Ni en esta casa ni en ningún otro lugar. Te daré todo lo que un padre puede darle a su hija. No te pido que nos ames como has amado a tus padres. Pero sí te ruego que nos permitas a nosotros amarte como si fueras nuestra hija.

—Mi señor —empieza a decir Miriam, entre sollozos.

—No —la vuelve a interrumpir Naamán—. No vuelvas a llamarme así. Te ruego que desde hoy en adelante no me veas como tu señor. Sé que será difícil para ti. Pero tal vez algún día Dios me conceda la dicha de escuchar que me llames padre.

Naamán y Najla la abrazan. Miriam está tan emocionada que sigue sollozando. Los presentes observan sorprendidos. Nunca habrían esperado tanta nobleza; sin embargo, todos están felices. Algunos lloran emocionados. Lina siente que su corazón está a punto de estallar. Piensa: «Es que Miriam es tan noble. Se merece esto y mucho más».

Naamán toma la mano de Miriam y le pone el anillo de la familia. Najla está feliz pues quiere a la muchacha como si fuera su propia hija. Naamán alza la voz y anuncia:

—Les presento a Miriam. Nuestra hija.

Un aplauso espontáneo brota de los presentes. Miriam se siente abrumada. Hay abrazos, hay lágrimas y risas. «Por fin», dice para sí, «un poco de paz y felicidad para esta casa. Dios ha sido bueno y misericordioso».

Desde aquel día, son muchos los cambios en la vida de Miriam. Ella se siente honrada. No cree merecer tanta dicha. Najla y Naamán hacen preparar una habitación sólo para ella. Es hermosa, es grande. Con inmensos ventanales para que pueda mirar el jardín.

Damasco es una ciudad privilegiada pues es centro comercial entre Egipto, Asia Menor y Mesopotamia. Sus mercados tienen las mejores mercancías de la región. Najla le hace traer a Miriam hermosos vestidos, se preocupa de suplir todas sus necesidades; en todas partes la presenta como su hija, lo que hace dichosa a Miriam ya que le permite disfrutar del cariño de su «madre». Dios ha premiado su fe, su humildad y su entrega.

Cada día Miriam, Najla y Naamán elevan sus oraciones a Dios. Naamán construyó un altar dedicado sólo a Dios. Las imágenes de otros dioses fueron sacadas del jardín. Ahora sólo hay un Dios en casa de Naamán. El único y verdadero Dios.

CAPÍTULO

7

Eliseo en Siria

EL TIEMPO HA TRANSCURRIDO VELOZMENTE. Han pasado dos años desde que Naamán fue a Israel en busca de Eliseo y de sanidad. Ben-adad, el rey de Siria, ha continuado sus ataques al país vecino. Cada vez que Miriam oye de los ataques a Israel, su corazón se siente agobiado por el dolor y la amargura. Su pueblo vive constantemente acosado por sus enemigos. Para Naamán está siendo muy difícil la situación pues aunque no quisiera atacar a Israel debe obediencia al rey. Miriam no lo entiende e intenta persuadirlo al respecto.

—Padre, ¿irás nuevamente a Israel? —le pregunta, angustiada.

—Debo ir, hija. Si me niego, puedo ser acusado de traición o rebeldía y puedo caer en desgracia con el rey.

—Pero, y ¿si hablas con él? Él entenderá. Tiene muchos oficiales y generales que pueden ir en tu lugar.

—No lo sé, hija. Yo no quisiera ir, pero...

—Padre, oremos. Pidámosle a Dios que toque el corazón del rey y que te libre de ir a Israel. Luego irás a hablar con él. Estoy segura de que Dios nos escuchará. Te ruego que, al menos, hagas el intento.

—Está bien. Haré como me pides.

Aquella noche, la familia se reúne para orar. Naamán llama a todos los moradores de la casa. Ofrecerán sacrificios a Dios por Israel y orarán para que Naamán no sea enviado a la guerra. El momento es especial y solemne. La familia se dirige a Dios en un solo clamor. Al terminar, Miriam está segura de que Dios les ha escuchado.

—Padre —le dice—. Ya está, estoy segura. Mañana hablarás con el rey ¿verdad?

—Ya te lo prometí y mañana hablaré con el rey. Debes estar tranquila.

Al otro día por la mañana, Naamán solicita audiencia con el rey. Éste lo recibe de inmediato.

—Mi señor, gracias por recibirme —le dice Naamán haciendo una reverencia.

—Siempre habrá un momento para hablar con mi mejor soldado. ¿Qué puedo hacer por ti, Naamán?

—No quiero que tomes a mal mi petición, mi señor. Y te ruego que tengas en cuenta el servicio fiel que he brindado a mi señor y al ejército de Siria. Ha sido siempre para mí un honor servir al rey y a sus soldados, pero hoy te suplico que me liberes de tener que dirigir las tropas que enviarás a Israel. Ten en cuenta que fui sanado de la lepra por el profeta Eliseo, y que él y mi hija pertenecen a aquella nación. Yo estoy dispuesto a realizar cualquier otra labor que se me encomiende. Todo esto siempre que el rey tenga a bien conceder mi petición.

—Me confundes, Naamán. No justifico tu petición aunque debo reconocer que el profeta de Jehová Dios nos ha hecho un gran bien al librarte de tu enfermedad. Creo que será posible que te quedes. Analizaré este caso más detenidamente. Por la mañana tendrás mi respuesta. Puedes retirarte.

Al día siguiente, Naamán volvió a presentarse ante el rey. El rey le comunica que le concede su petición. Ya no tendrá que dirigir las incursiones contra Israel.

Miriam y Najla, están felices y agradecidas por la nueva respuesta que Dios les ha dado.

Pasan los meses y en Siria se habla mucho de Eliseo y de las victorias que el rey Joram ha obtenido gracias a su intervención.

Una noche, Naamán llega feliz a su casa. Entra casi corriendo.

—¡Miriam, Najla! ¡Vengan acá! —llama, presuroso.

Ellas acuden a su llamado preguntándose por la razón de tanta urgencia.

Se encuentran con un Naamán muy emocionado.

—¿Qué ocurre? —le preguntan.

—Tienen que escuchar lo que ha sucedido en Israel. Se trata de Eliseo y de una de nuestras tropas. Vengan, siéntense. Les contaré lo que acaba de suceder en el palacio.

Esposa e hija se disponen a escuchar el relato de Naamán quien comienza, diciendo:

—Nuestro señor Ben-adad nos ha reunido a todos sus generales y a sus ministros para consultar sobre la guerra contra Israel. Está furioso contra el profeta Eliseo. Resulta que cada vez que Ben-adad prepara una emboscada para Joram y su ejército, Eliseo se lo declara a Joram y éste se libra del ataque. Ante esta situación, el rey Ben-adad hizo llamar a los oficiales que estaban a cargo de dirigir los ataques, pues ha creído que alguno de ellos informa al rey de Israel. Pero ellos han respondido que el responsable es Eliseo, pues él es quien comunica todo al rey. Aún lo que él habla en su recámara…

—Alabado sea el Señor —interrumpe Miriam, emocionada por lo que su padre les informa—. Dios está librando a mi pueblo.

Naamán prosigue:

—Es cierto, hija, pero escucha. El rey ordenó que averiguaran dónde estaba Eliseo para enviar a capturarlo. Y le informaron que estaba en Dotán. Entonces el rey, envió allá un destacamento muy grande, con caballos y carros de combate. He tratado de disuadirlo pero todo ha sido inútil. Temo por la vida del profeta.

—Yo creo que, igual que siempre, Dios lo librará —dice Miriam esperanzada—. Pero será bueno que estemos orando.

El general continúa:

—Se espera que mañana por la noche las tropas lleguen a Dotán.

—Dios va a proteger a Eliseo —dice Najla—. Estoy segura de que así será.

—Sí, pero como dice Miriam, debemos orar para que Dios cuide de él.

Aquella noche la familia se vuelve a unir en oración a favor de Eliseo. Todos están confiando en Dios y creyendo que el profeta será librado de la mano de Ben-adad.

Cada vez que su padre, el general Naamán les comparte las noticias llegadas desde Israel, Miriam se siente más cerca de los suyos. Escuchar de Eliseo la acerca un poco más a su pueblo.

Pasados cuatro días después de la conversación de Naamán y su familia ocurre algo inesperado. Las tropas enviadas en busca de Eliseo están de regreso en Damasco. Nadie sabe lo que ha pasado. La noticia llega a través de Eliel a quien Naamán, que se encontraba haciendo su revisión diaria de los destacamentos que permanecen en Siria cuando le avisaron del regreso de los soldados, envió a inquirir noticias. Eliel encuentra a Miriam en el jardín y es a ella a quien primero cuenta la noticia que trae.

—Miriam —le dice—. Traigo noticias.

—¿Qué sucede?

—Las tropas enviadas a capturar al profeta Eliseo han regresado. Nuestro señor Naamán está en el palacio. El rey lo hizo llamar para una reunión urgente con todos los generales y oficiales.

—¿Y se ha sabido algo de Eliseo?

—Sólo sé que las tropas no traen ningún prisionero. Habrá que esperar para saber lo que ha sucedido.

En el palacio están reunidos el rey y sus colaboradores más cercanos. Es el oficial a cargo de la captura de Eliseo quien les informa sobre lo sucedido. Después de un largo tiempo de discusión y análisis, el rey pregunta:

—¿Qué haremos? Según parece, ese dios de Israel es Dios verdadero y siempre libra a su pueblo y a su profeta de los ataques de nuestro ejército.

Uno de los generales opina:

—Es necesario regresar allá, mi señor. No podemos dejarnos vencer por lo israelitas. Si lo hacemos, los pueblos vecinos lo sabrán y serán ellos quienes nos ataquen pues dirán: «No han podido contra Israel. Mucho menos podrán contra nosotros».

Naamán escucha atentamente y clama en su corazón: «Ayúdame, Dios, a convencer a estos hombres para que dejen de atacar a tu pueblo».

En seguida alza valientemente la voz para decir:

—Mis hermanos, ¡escúchenme! Les ruego considerar lo siguiente: Hemos intentado invadir Israel en diversas oportunidades sin resultado. ¿Qué seguridad tenemos de lograrlo ahora? ¿Acaso no está el profeta de Jehová su Dios con ellos aún? Además, hay un alto costo económico cada vez que nuestras tropas son enviadas a Israel. Pienso que deberíamos desistir de la idea de invadir al país vecino, al menos por ahora.

La intervención de Naamán molesta a varios de los presentes. Se forma un barullo general en la sala. Unos comentan sobre la necesidad de apoyar esa moción, otros se resisten a considerar tal posibilidad y vociferan enojados. El rey observa en silencio. Naamán calla y clama en su corazón: «Dios, intervén a favor de tu pueblo».

De pronto el rey alza la voz:

—La decisión está tomada.

Todos callan y esperan escuchar lo que el rey ha decidido:

—Depondremos la invasión a Israel.

—Pero mi señor —gritan algunos, ofuscados por la decisión—. No podemos hacer eso.

Naamán guarda la serenidad pero por dentro rebosa de alegría. Lo ha logrado. Piensa en la felicidad que sentirá Miriam cuando le cuente lo que ha sucedido. Los presentes siguen discutiendo e intentando que el rey revierta la decisión. Pero éste vuelve a levantar la voz con visible molestia en sus palabras.

—Dije que he tomado una decisión. El rey ha hablado y no hay nada más que decir.

Luego levanta la sesión y se retira de la sala como no queriendo escuchar más al respecto.

Horas más tarde, Naamán regresa a casa. Najla y Miriam lo esperan para saber las nuevas referentes a la guerra.

—¿Qué ha pasado? —pregunta Najla en cuanto ve a su marido—. Supimos que las tropas regresaron.

—Efectivamente —responde Naamán—. Ya regresaron.

—¿Han podido capturar al varón de Dios? —pregunta Miriam.

—No. No han podido. Dios ha protegido a su profeta. Pero tengo que contarles a todos lo que ha sucedido. Llamen a Eliel y a Bhila. Ellos también querrán saber.

La joven corre presurosa a la cocina y llama a su primo y a Bhila.

Naamán inicia un relato sorprendente:

—Acabo de escuchar del oficial a cargo la siguiente historia: Como todos esperábamos, las tropas enviadas por el rey llegaron de noche a Dotán y rodearon la ciudad. A la mañana siguiente, sin ninguna explicación y de forma repentina, todos los soldados quedaron ciegos. Ninguno podía ver cosa alguna. Todos estaban confundidos y atemorizados. Entonces fue el mismo Eliseo quien sin declararles quien era él, se acercó y les dijo que estaban en una ciudad equivocada y que él los llevaría al lugar donde estaba el hombre que buscaban. Los soldados entonces lo siguieron y los llevó a Samaria. Después de entrar y cuando estaban en medio de la ciudad recuperaron la vista dándose cuenta de que estaban en Samaria y rodeados de tropas israelitas. Fue allí cuando el rey Joram los vio y quiso matarlos. Pero Eliseo se lo impidió y le dijo que les diera comida. Así que el rey Joram les dio un gran banquete y cuando terminaron de comer los despidió para que regresaran a Siria.

—¿Pero entonces no capturaron a Eliseo? —pregunta Miriam.

—Por supuesto que no, hija —dice Naamán—. Por supuesto que no. Dios lo ha protegido. Pero aún hay más. Escucha esto: El rey llamó a todos sus ministros, generales y oficiales. Acabamos de tener una reunión. El rey consultó qué haríamos con la guerra contra Israel. La mayoría de los presentes quería regresar para intentar nuevamente la invasión. Pero rogué a Dios para que me diera las palabras necesarias y así poder convencer al rey para que depusiera su deseo de invadir Israel. Alcé la voz y expuse mis razones. Cuando terminé de hablar algunos no estuvieron de acuerdo conmigo pero el rey alzó su voz para anunciar la decisión de no volver a atacar a Israel.

Al escuchar esto, todos saltaron de alegría celebrando la gran victoria que Dios había dado a su pueblo al librarlos de los ataques sirios.

—Gracias padre, muchas gracias —le dice Miriam—. ¿Viste cómo Dios responde a nuestras oraciones? Gracias, Señor, gracias, Dios mío.

Eliel se dirige a su amo con respeto y admiración.

—Mi señor, sé que Dios te recompensará por lo hecho hoy a favor de Israel.

—Esta es la mano de Dios que ha librado a tu pueblo, hija mía —le dice Najla a Miriam.

Y luego, dirigiéndose a Naamán:

—Me siento orgullosa de ti. Gracias, amor mío, muchas gracias.

Durante un largo rato la familia sigue reunida, celebrando y comentando el gran milagro que Dios ha hecho en Israel. Y la decisión de Ben-adad. Por fin habrá paz para el pueblo de Dios.

Como consecuencia de la decisión del rey, se inicia un largo tiempo de quietud y paz entre sirios e israelitas. La familia de Naamán, por su parte, hace su vida normalmente. Cada vez que el general puede, averigua sobre la situación en Israel, pues aunque hay paz ha venido un largo tiempo de sequía y escasez en toda la tierra. Miriam se preocupa por sus padres en Dan pero siente que nada puede hacer al respecto.

Un día, llega la noticia: Ben-adad ha decidido atacar nuevamente a Israel. Todos en la casa de Naamán se sienten decepcionados. No pueden entender cómo el rey ha decidido invadir de nuevo al país vecino.

Ben-adad manda a llamar a Naamán para decirle que enviará a todo el ejército sirio contra Israel. El general se resiste firmemente a ser parte de la invasión. Las tropas, entonces, salen de Damasco al mando de otros oficiales. Van directo a Samaria. El plan es sitiar la ciudad.

El corazón de Miriam desfallece por la noticia. Piensa en sus padres, en Eliseo; pero tanto Najla como Naamán la animan recordándole cuántas veces Dios ha librado a su pueblo y le aseguran que lo hará una vez más.

Pasan los meses, Miriam es feliz al lado de Najla y Naamán. Los tres aman al Señor. Y Dios los bendice en gran manera. Miriam es tratada como si fuese la verdadera hija del matrimonio.

Bhila sigue trabajando en la casa; ambas comparten largas horas de conversación. Eliel ha sido traído a la casa a petición de la joven. Naamán quiere que Miriam se sienta feliz y la consiente en sus peticiones. Todo parece perfecto. Sin embargo, en el corazón de Miriam hay un vacío. Algo le falta. Constantemente está preguntando a su padre Naamán si ha tenido noticias de Israel. Miriam no ha olvidado a los suyos. No ha olvidado a sus padres.

La ciudad de Samaria sigue rodeada por el ejército sirio. No han dejado entrar ni salir a nadie por varios meses. Miriam se preocupa. Si bien es cierto sus padres viven mucho más al norte, en Samaria está Eliseo y sus hermanos israelitas. La joven ora cada noche esperando un nuevo milagro de parte de Dios a favor de su pueblo.

Una mañana, un soldado llega velozmente en su cabalgadura a buscar a Naamán.

—¡Mi señor! —le dice, cuando está frente a él—. Traigo noticias para ti.

—Habla, soldado —le dice Naamán—. ¿De qué se trata?

—Mi señor, ha llegado la noticia que las tropas vienen de regreso. Y se dice que el sitio de Samaria ha terminado. Pensé que querrías saberlo.

—Muy bien hecho, soldado. Puedes retirarte. Iré para conocer los detalles de la retirada.

El general entra en la casa. Pone al tanto a Najla del comunicado que ha recibido y se dirige rápidamente a las instalaciones del ejército. Por la noche, al regresar a casa confirma la noticia. El ejército de Siria ha vuelto. Su regreso lo provocó un ataque sorpresa de parte de los israelitas quienes se aliaron con los heteos y con los egipcios. Una vez más, Dios ha dado la victoria a su pueblo. Y Miriam puede estar tranquila, aunque sea temporalmente, pues se sabe de la hambruna que ha comenzado ya a azotar a Israel. La joven no deja de pensar en sus padres. Vive inquieta por no saber cómo están.

Una tarde, Najla entra al cuarto de su hija. Miriam está sentada frente a la ventana. Su mirada, perdida. Sus pensamientos, en Israel. Está tan sumida en sus recuerdos que ni siquiera advierte la presencia de Najla en la habitación.

—¿Miriam? —pregunta la madre, mientras cruza el umbral de la puerta.

—Sí, madre. Estoy aquí.

—¿Qué haces, hija?

—Nada, solo pensaba.

—¿Estás bien, hija mía?

—Sí madre, estoy bien.

Miriam no quiere que Najla advierta su tristeza y dice con cariño:

—Y ahora que estás aquí, a mi lado, me siento mucho mejor. Tu compañía siempre ha sido un refrigerio para mi alma.

Najla sonríe pues sabe que Miriam intenta hacerla sentir bien con sus palabras, aunque se da cuenta de que algo le sucede. Entonces decide hablar sobre lo que la inquieta:

—Tengo miedo, Miriam.

—¿Miedo? ¿Qué dices? ¿Por qué tienes miedo?

—Por ti. Puedo ver la tristeza en tu mirada.

—¿Tristeza? Yo no estoy triste.

—No trates de ocultarlo, hija. Últimamente has estado sumida en tus pensamientos. Estás lejos Miriam, muy lejos… ¿Acaso no eres feliz?

—Claro que sí, madre. Soy feliz. Ustedes me han dado todo lo que una joven podría soñar. ¿Qué más podría yo anhelar?

—Regresar a Israel con tus padres.

Miriam no contesta. Se queda en silencio y mira fijamente a Najla, quien parece haber leído sus pensamientos.

–Dime la verdad, hija mía —insiste Najla— Aunque me parta el alma. Dime, Miriam. ¿Es eso verdad? ¿Anhelas regresar a Dan?

Los ojos de Miriam se humedecen. Intenta evitarlo pero no puede. Es más fuerte que ella. No quiere herir a Najla pero debe ser sincera.

—Sí, madre. Quiero regresar. No quisiera alejarme de ustedes. Los amo con todo mi corazón. Pero también amo a mis padres. Y me atormenta el hecho de no saber de ellos, si están bien o si están enfermos o si tal vez simplemente me necesitan. Sé que las cosas en Israel se han puesto difíciles. Es posible que ellos estén sufriendo mientras yo, aquí, vivo tranquila y feliz. Hace ya tantos años desde que salí de Dan. Creo que ya es tiempo. Quiero regresar. Anhelo hacerlo. Mis pensamientos se van a Israel cada noche. Cuando cierro los ojos e intento dormir, veo a mi pueblo. Veo a mis padres.

Miriam llora. Najla la abraza con ternura. Le duele profundamente lo que está sucediendo en el corazón de Miriam. Pero la entiende.

—Miriam —dice Najla—, te irás ¿verdad?

—No lo haría sin tu autorización o sin el permiso de mi padre Naamán.

—Yo no podría impedírtelo. Si es lo que tú quieres hacer ¿cómo podría yo negarme ante una petición de mi querida hija?

La joven sonríe y acaricia dulcemente el rostro de su madre mientras dice:

—Por favor, madre. Habla con Naamán. Dile lo que hay en mi corazón. Dile que los amo, que estoy tan agradecida de ustedes pero que no puedo luchar contra esto. Es más fuerte que yo. Necesito ir a casa.

—Lo haré si me prometes que regresarás nuevamente a Siria. No importa cuando. Yo sabré esperar. Pero debes prometerme que veré tu rostro antes de morir.

—Madre mía. Estoy segura de que como ahora anhelo ver a mi madre en Israel cuando esté allá, anhelaré volver a ver tus ojos dulces.

Anhelaré caminar contigo por el jardín y recoger flores. O sentarnos en la hierba verde para hablar de nuestro Dios. Querré abrazarte y dormirme en tus rodillas mientras acaricias mi cabello. Claro que volveré, madre, claro que lo haré.

Najla abraza a Miriam. Y lloran. Najla no quiere que su hija se vaya pero, quiere que sea feliz. Y si su felicidad depende de eso, entonces ella hará todo lo posible por ayudarla a cumplir su deseo.

—Muy bien —le dice, secándole las lágrimas—, pero oraremos a Jehová nuestro Dios. Si él quiere que regreses todo se dará en paz. Tu padre estará de acuerdo y Dios dispondrá los medios para tu regreso. ¿Te parece?

—Sí, madre. Y gracias por ser tan dulce.

Desde aquel día, Najla y Miriam ponen el asunto en oración. Miriam quiere, como siempre, que se haga lo que Dios quiera para ella. No irá en contra de su voluntad. Ha comprobado que Dios anhela siempre lo mejor para sus hijos.

Un par de meses más tarde llega la noticia al palacio que Eliseo viene a Damasco. Naamán se siente feliz. Piensa que seguramente el profeta recuerda el ofrecimiento que le hizo en Israel de su casa para que se hospedara. Ahora que sabe que Miriam conocía al profeta está seguro de que será un verdadero regalo que Eliseo se hospede con ellos. Inmediatamente se dirige a su casa. Quiere ser él mismo quien dé la noticia a la joven y a su madre. Al llegar, las llama para hablar con ellas. Se siente feliz.

—¿Qué pasa, Naamán? —dice Najla—. Lina nos ha dicho que necesitas hablar con nosotras.

—¿Ha sucedido algo malo, padre? —pregunta Miriam inquieta.

—No, no es algo malo. Es algo bueno, muy bueno. Se trata de Eliseo. Un mensajero ha llegado al palacio diciendo que una caravana israelí ha cruzado la frontera y se dirige a Damasco. Y en esa caravana viene el profeta. Nos informan que se encuentra a solo dos días de distancia de aquí.

—¿Eliseo? —dice Miriam, emocionada—. ¿Estás seguro, padre?

—Sí, hija mía, estoy seguro. Eliseo viene.

Miriam no puede creer lo que acaba de oír. Está feliz. Salta, celebra. Abraza a sus padres, quienes son felices con su felicidad. Entre saltos y risas la joven exclama:

—¡Gracias, Señor! ¡Gracias, Dios mío! Padre, lo invitarás a quedarse aquí, en la casa ¿verdad?

—Por supuesto, querida. Hay espacio suficiente para que instale su campamento cerca de la casa. Dispondremos una habitación para él y prepararemos un gran banquete para recibir al varón de Dios. Esta es una gran ocasión para ti, pero también para nosotros.

—Gracias, muchas gracias. ¡Qué felicidad, Dios mío! ¡Qué felicidad!

Emocionada por la alegría de Miriam, Najla interviene para decir:

—Comenzaremos inmediatamente a prepararlo todo.

Los dos días siguientes son emocionantes. Najla y Miriam se encargan de los preparativos. La madre consulta constantemente a Miriam sobre lo que agradará a Eliseo. Está preocupada y quiere que todo sea perfecto para recibir a quien Dios ha usado para sanar a su esposo.

Naamán ha enviado a dos de sus soldados al encuentro de Eliseo. Quiere que el profeta se sienta bien recibido en Damasco.

Los enviados de Naamán llegan hasta donde está Eliseo y se entrevistan inmediatamente con él.

—Mi señor —le dicen, con el mayor respeto—. Venimos enviados por el general del ejército sirio, Naamán. Él ha enviado una carta para ti.

Eliseo recibe la carta en la que el general le dice lo siguiente:

«Padre mío, he sabido que vienes camino a Damasco. Por lo que te ruego que aceptes hospedarte en mi casa. Mi familia y

yo nos sentiremos honrados con tu visita. También te ruego que aceptes la escolta de los soldados que he enviado a tu encuentro. Estaremos esperando tu llegada».

—Muy bien —dice Eliseo—. Con gusto aceptaré la invitación de Naamán. Ustedes también pueden quedarse y acompañarnos por el resto del camino. ¿Se encuentra bien Naamán?

—Sí, mi señor —le contesta uno de los soldados—. Él y su familia están bien y muy alegres por tu visita.

Eliseo se ha sentido halagado por la preocupación de Naamán aunque ya sabía que estaría con él y su familia en esta visita a Damasco.

En la casa, entretanto, continúan los preparativos para la llegada de Eliseo. Y aunque hay mucha alegría y entusiasmo en toda la familia, Najla no puede olvidar la conversación con Miriam. Aun no le ha dicho nada a su esposo sobre la intención de la joven de regresar a Israel. Y ahora, cuando piensa en la inminente llegada de Eliseo, siente temor. Piensa que Eliseo traerá más aún a la memoria de Miriam todo lo que dejó en Israel. Además, seguramente él le hablará de sus padres y de su pueblo. Pero esperará tranquila. Mira al cielo y eleva una plegaria: «Dios mío. Tu voluntad, Padre. Sea hecha tu voluntad. Si Miriam tiene que partir, pues que así sea».

Eliseo se adelanta un día y, por fin, llega la hora tan esperada. Le avisan a Naamán que el profeta está ya cerca de Damasco. Manda, entonces, instrucciones a su casa. Pero ordena que a Miriam no se le avise de la cercanía del profeta; quiere sorprenderla cuando Eliseo ya esté en casa.

Es casi de noche cuando Eliseo llega a Damasco. En las puertas de la ciudad lo espera Naamán. Al verlo, se postra en tierra y le dice:

—Mi señor Eliseo. ¡Bienvenido a Damasco! ¿Me recuerdas? Soy Naamán, a quien sanaste de la lepra.

—Por supuesto que te recuerdo. Es una alegría volver a verte.

—¿Recibiste mi carta, señor?

—Sí, tus soldados cumplieron sin demora tus órdenes.

—Te ruego pues, que entres en mi casa y mores junto a nosotros mientras dure tu estada en Damasco. Hay un lugar ya preparado para que instales tu campamento cerca de la casa y una habitación especialmente para ti.

Eliseo le sonríe a Naamán y le responde:

—Con mucho gusto me quedaré en tu casa junto a ti y a tu familia.

Luego, se dirigen a casa del general donde los esperan. Naamán ha hecho preparar el mejor banquete para agasajar a su ilustre invitado.

Al llegar, Naamán ofrece a Eliseo todas las comodidades posibles. No solo para él, sino también para quienes han venido con el profeta. Después de acomodarse, es invitado a pasar a la sala donde entablan una cordial conversación.

—¿A qué debemos el honor de tu visita? —pregunta Naamán.

—Tengo más de un motivo. El primero, es cumplir una orden que Jehová Dios dio a mi padre el profeta Elías, mucho tiempo atrás. Esto está relacionado con lo que acontecerá con tu rey dentro de los próximos días.

—Él está muy enfermo —le dice Naamán.

—Lo sé, por eso he venido.

—¿Lo sanarás de su enfermedad? ¿Irás a verlo?

—No. Cuando él sepa que estoy aquí enviará por mí. Aunque no será necesario que vaya a verlo.

Eliseo guarda silencio. Luego de unos instantes, decide advertir a Naamán sobre los acontecimientos que están por ocurrir en Siria.

—Debes estar preparado, Naamán. El tiempo que le queda de vida a tu rey es breve. Él morirá, pero no por la enfermedad que le aqueja. Luego, otro ocupará su lugar. Habrá muchos cambios en tu país.

Pero también habrá cambios en tu casa. Por eso he venido. Dios me ha enviado a este lugar.

Naamán no entiende lo que Eliseo le ha dicho. El profeta le ha hablado de cambios en su casa ¿A qué se referirá?

Le pregunta:

—Veo que tu siervo Giezi no viene contigo. ¿Está bien?

—El ya no es mi siervo. Está enfermo. Tiene lepra.

—¿Lepra? Pero... tú me sanaste a mí de la lepra. ¿No has podido sanarlo a él?

—La lepra que Giezi tiene es la misma que estaba en ti. Él la recibió a causa de su engaño. ¿Recuerdas que cuando tú ya venías de regreso él te siguió para pedirte dinero y ropa en mi nombre? Te engañó. El dinero y la ropa eran para él. Aquel día cuando llegó a la casa escondió los dos sacos en los que venían los objetos. Cuando le pregunté de donde venía, me dijo que no había salido a ninguna parte. Pero Dios me reveló lo que había sucedido. Fue entonces cuando la lepra que salió de ti se apoderó de su cuerpo.

—Me siento confundido ante lo que me cuentas, mi señor.

—Dios es justo, Naamán y quiere que caminemos en justicia. La lepra que carcome el alma es peor que la que hiere el cuerpo.

Mientras los hombres conversan, Najla aparece en la sala. Naamán presenta a su esposa, quien haciendo una reverencia saluda al varón de Dios.

—Doy gracias a nuestro Dios que me da el privilegio de conocerte, mi señor. Estoy sumamente agradecida por el bien hecho a mi marido hace ya algún tiempo. Nuestras vidas no son las mismas desde que él fue sanado de la lepra. El cambio no se produjo sólo en su cuerpo, sino en su mente y en su corazón. Desde aquel día en nuestro hogar se honra sólo a Jehová, nuestro Dios.

—Alabado sea el Señor —dice Eliseo, con evidente alegría.

Luego Naamán se apresta a contarle cómo llegó a saber de su existencia en Israel. Eliseo sonríe. Él sabe. Dios se lo ha revelado. Naamán habla de Miriam con mucho afecto. Le dice:

—La muchacha era parte de un grupo de jóvenes capturados en Dan. Yo nunca ordené que se trajeran prisioneros.

—Lo sé, Naamán. Lo sé.

—Supongo que por un designio de Dios ordené que la trajeran a mi casa. Mi esposa Najla sintió inmediatamente un especial afecto por ella. Para mí era una esclava más. Siempre pensé que mi esposa era demasiado sentimental y no hacía caso de sus comentarios. Lo que sí fui capaz de reconocer fue que Miriam logró rápidamente sacar a Najla de profundos estados de tristeza en los que se sumía de continuo. Luego vino la enfermedad. No sé cómo fue que la contraje, sólo sé que un día cualquiera mi piel era blanca como la nieve. Luego vinieron las llagas y los dolores. Sentía repulsión por mí mismo. No podía entender a Najla, quien permanecía a mi lado noche y día. Ella hacía todo lo posible por calmar mi dolor. Hacía constantes oraciones a los dioses de Siria pero no obtenía respuesta. Hasta que un día Miriam le hablo de ti, y de Jehová nuestro Dios. Najla puso toda su fe en él. Debo reconocer que en un principio yo estaba reticente a la idea de acudir a Israel por sanidad. Y mucho más a creer que el Dios de los judíos pudiera ayudarme. Pero vi el sufrimiento de Najla y la vi tan aferrada a la posibilidad, que decidí ir a buscarte. En aquel entonces, yo no sabía lo que significabas para Miriam. Fue sólo cuando regresé que ella me ha contado sobre tus continuas visitas a su hogar en Dan. Ahora, Miriam es como una hija para nosotros. Ese es uno de los motivos que me hacen estar tan feliz por tu venida. Miriam está constantemente hablando de ti. Tanto como de sus padres. Sé que se sorprenderá de verte y será para ella una gran alegría.

Naamán quiere que Miriam vea a Eliseo. Ella aún no sabe que el profeta ya ha llegado a la casa.

Dice al profeta:

—Quisiera que veas ahora a nuestra hija Miriam. Ella ha sido un regalo de Dios para nosotros. No puedo justificar la forma en que fue traída a Siria, pero...

Eliseo lo interrumpe:

—Estaba en los planes de Jehová nuestro Señor. No te preocupes, Naamán. Yo lo sé. Dios me lo ha mostrado así. Sus caminos son muchas veces incomprensibles para el ser humano. Sus designios son superiores a nuestro entendimiento. Dios ha hecho lo mejor. Para ustedes, para ella y para todo nuestro pueblo. ¿Acaso no has sido tú quien ha disuadido en reiteradas ocasiones a Ben-adad de atacar a Israel?

—Por amor a Dios, por lo que tú has hecho por mí; por Miriam y por sus padres. Tengo motivos más que suficientes para querer la paz de Israel.

—¿Lo ves más claramente ahora? Dios ha usado a Miriam para que lo conozcas personalmente a él. Y a ti te ha usado en beneficio de su pueblo.

Naamán está sorprendido. Durante todo este tiempo había cargado con un fuerte sentimiento de culpa por todo lo que Miriam sufrió al salir de su hogar. Pero ahora lo entiende. Los caminos de Dios son inescrutables. Se siente honrado, se siente emocionado al pensar que simplemente es una pieza más en el plan perfecto de Dios.

En seguida, Naamán hace llamar a Miriam. La joven se dirige a la sala sonriente. Al entrar, ve al profeta, justo delante de ella. Está confundida. No lo esperaban hasta el día siguiente. ¿Es él? ¿Es Eliseo? Se queda estupefacta. No habla. Sólo lo mira. Han pasado tantos años desde su partida de Israel. Hace tanto tiempo desde que lo vio por última vez. Además, es como un sueño que Eliseo esté en Damasco y, más aún, en su casa.

—Miriam —le dice Naamán—. ¿No vas a saludar al profeta Eliseo?

Las lágrimas comienzan a correr por el rostro de la joven. No puede creer lo que está viendo. Estas son sus oraciones contestadas. Ella ha pedido a Dios una señal. Algo que la guíe, que la haga entender si debe o no regresar a Israel. Los recuerdos se agolpan en su mente; es como si Eliseo trajera consigo un poco de los suyos.

—¡Miriam! —exclama Eliseo, quien también está emocionado de ver a la joven.

La muchacha corre y, llorando, se lanza a sus pies.

—¡Mi señor, mi señor! ¿Eres tú realmente? ¡Mis oraciones han sido respondidas! Gracias, Señor. Gracias, Dios mío.

—Ven acá, hija mía –le dice Eliseo. Levanta a la joven con suavidad y la abraza con profunda ternura—. Dios ha sido fiel. Dios ha sido fiel. Estoy maravillado de verte. Y de ver la recompensa de Dios en tu vida. Mírate, hija, estás rodeada de beneficios, de afecto y de la bendición de Dios.

Miriam escucha atentamente a Eliseo. Sus palabras, su voz, la llevan a su hogar en Dan. Llora, ríe y agradece a Dios por concederle un momento tan maravilloso.

—No sabía que ya habías llegado, mi señor. No te esperábamos sino hasta mañana, ¿verdad, padre?

Mira a Naamán como esperando una explicación y este confiesa:

—Quise darte una sorpresa, hija. Hoy temprano me han avisado de la llegada de Eliseo, pero sabiendo lo especial que es él para ti, no quise avisarte.

Miriam corre hacia Naamán y lo abraza.

—Gracias, padre. Muchas gracias por invitarlo a casa. No imaginas lo feliz que me haces. Tener a Eliseo aquí, es el mejor regalo que hubiese podido recibir.

—Recuerda, hija, que para mí también es una ocasión muy especial. Tener a Eliseo en nuestra casa es un gran honor.

Aquella noche la familia comparte la comida. Y comentan sobre las noticias que llegan a Siria acerca del profeta. Miriam recuerda la vez que Ben-adad quiso capturarlo y le pregunta sobre lo sucedido. La joven tiene ansias de volver a escuchar a Eliseo hablando de los milagros que Dios hace a través de él.

—Mi señor—dice Miriam—, aquí supimos de cómo Dios te libró de las tropas que iban en tu búsqueda pero... ¿podrías contarnos cómo fue que los soldados quedaron ciegos?

Eliseo reflexiona un momento y luego dice:

—Bueno, Giezi y yo estábamos dentro de la casa. Fue por la mañana que nos percatamos de que estábamos rodeados. Giezi sintió gran temor. Entonces le dije que no tuviera temor pues los que estaban con nosotros eran muchos más. Oré a mi Dios para que abriera los ojos de mi siervo y pudiera ver. Fue entonces cuando Giezi vio que la colina estaba llena de guerreros a caballo y carros de fuego que nos protegían. Luego volví a orar diciendo: «Señor, castiga a esta gente con ceguera». Inmediatamente todos fueron privados de la vista.

—¡Qué maravilla! Dios es fiel —comenta Miriam—. Naamán nos está informando permanentemente sobre lo que sucede con Israel. Él no ha querido ser parte de las invasiones a nuestra nación negándose incluso a participar del sitio que el ejército sirio realizó contra Samaria.

—En esa oportunidad —interviene Naamán—, el ejército salió huyendo a causa de un ataque sorpresa lanzado por las fuerzas israelitas y sus aliados...

—Nunca hubo un ataque sorpresa —dijo Eliseo—. Los soldados sirios fueron confundidos.

—Pero ellos informaron que oyeron los caballos y los carros que venían a atacarlos.

—Pues lo único que te puedo decir es que una vez más, Dios libró a su pueblo.

Sorprendido, Naamán replica:

—Los oficiales sirios están seguros de que sufrieron un ataque sorpresa.

—Mi señor —dice Miriam—. ¿Afectó mucho a nuestros hermanos el sitio que el ejército de Ben-adad mantuvo contra Samaria?

—Fue terrible. El sitio duró varios meses; eso es demasiado tiempo. Comenzó a faltar el alimento. Las cosas subieron su valor en forma alarmante. Una cabeza de asno llegó a costar ochenta monedas de plata y un poco de algarroba, cinco. El hambre fue tal que en una oportunidad unas mujeres propusieron comer a sus propios hijos para no morir de hambre. La gente estaba desesperada. No había harina, ni cebada. Sólo Dios pudo librarnos de aquel desastre. Joram se enojó contra mí y quiso matarme pero Jehová Dios me libró.

—El Señor siempre te ha librado, padre mío —le dice Naamán.

—Es cierto. Si Dios no hubiese puesto su mano protectora sobre mí, yo habría muerto. Mas sé que estaré con vida hasta que se cumplan todos los planes que Dios tiene para mí. Pero déjenme contarles cómo Dios nos ha librado de los sirios.

Todos guardaron silencio asintiendo, por lo que Eliseo continuó:

—Cuando Joram se enojó contra mí, envió a su ayudante a cortarme la cabeza, pero Dios ya me lo había revelado. Entonces, cuando éste llegó a mi casa, le declaré esta palabra: «Mañana, a esta hora, en la puerta de Samaria una medida de flor de harina se venderá por un siclo, y dos medidas de cebada por un siclo».

Incrédulo, el enviado del rey me respondió, y dijo: «Mira, aunque el Señor hiciera ventanas en los cielos, ¿podría suceder tal cosa?», a lo que yo respondí: «He aquí, tú lo verás con tus propios ojos, pero no comerás de ello». Había cuatro leprosos a la entrada de la puerta, y se dijeron el uno al otro: «¿Por qué estamos aquí sentados esperando la muerte? Si decimos: Entraremos en la ciudad, como el hambre está en la ciudad, moriremos allí; y si nos sentamos aquí, también moriremos. Ahora pues, vayamos y pasemos al campamento de los sirios. Si nos perdonan la vida, viviremos; y si nos matan, pues moriremos». Fue así como estos hombres se levantaron al anochecer para ir al campamento del ejército sirio. Y cuando llegaron a las afueras del campamento, encontraron que no había allí nadie. El Señor había hecho que oyeran estruendos de carros y ruido de caballos. Ellos pensaron que era un gran ejército que venía contra ellos. Por lo cual se levantaron al anochecer, y abandonaron sus tiendas, sus caballos y sus asnos y el campamento tal como estaba, y huyeron para salvar sus vidas. Cuando llegaron los leprosos a las afueras del campamento, entraron y comieron y bebieron. Entonces se dijeron el uno al otro: «No estamos haciendo bien. Hoy es día de buenas nuevas, pero nosotros estamos callados; si esperamos hasta la luz de la mañana, nos vendrá castigo. Vamos pues, ahora, y entremos a dar la noticia a la casa del rey». Y fueron y llamaron a los guardias de la puerta de la ciudad, y les informaron todo lo que habían visto. Fue así como inmediatamente, los guardias de la puerta llamaron, y lo anunciaron dentro de la casa del rey. Entonces el rey Joram se levantó de noche y les dijo a sus siervos: «Yo pienso que los sirios nos han hecho una trampa. Como ellos saben que estamos hambrientos, han salido del campamento para esconderse en el campo, y cuando nosotros salgamos de la ciudad, nos tomarán vivos y entrarán en la ciudad». Y uno de sus siervos le respondió y dijo: «Deja que algunos hombres tomen cinco de los caballos que quedan en la ciudad. Y vamos a enviarlos y veamos lo que sucede con ellos». Entonces tomaron dos carros con caballos y el rey los envió para que siguieran al ejército de Siria. Estos hombres los siguieron hasta el Jordán, y he aquí todo el camino estaba lleno de vestidos y de cosas que los soldados habían dejado tiradas en su prisa por escapar. Entonces los mensajeros volvieron y le informaron al rey sobre lo que habían visto. Y el pueblo salió sumamente alborotado y en la entrada de la ciudad estaba aquel hombre, ayudante del rey, que no creyó a la palabra de Jehová nuestro Dios y la gente pasó sobre él y murió. El pueblo saqueó el campamento de los sirios. Entonces una medida de flor de harina se vendió por un siclo y dos medidas de cebada por un siclo, conforme a la palabra del Señor.

—Es una historia maravillosa —comenta Naamán—. Nuestros soldados llegaron a Siria aterrorizados y confundidos. Ellos realmente no saben la verdad sobre lo que sucedió. El informe que recibimos decía que los israelitas se habían aliado a los heteos y egipcios y que así fue como formaron un gran ejército que vino contra ellos.

—Alabado sea el Señor —dice Miriam—, por la gran victoria que ha dado a su pueblo.

La familia se siente emocionada por las historias de Eliseo. Miriam parece volver a su infancia cuando Eliseo visitaba la casa de sus padres y ella se quedaba largas horas escuchando al varón de Dios. Le parece increíble que ahora él esté con ella y con sus padres adoptivos en Siria.

Después que todos hubieron comido, ella y el profeta se quedan conversando. La joven quiere saber. Quiere tener noticias de los suyos pero espera estar a solas con Eliseo para preguntar por ellos.

—¿Has visto a mis padres, mi señor? ¿Viven aún? ¿Están bien?

—Una pregunta a la vez, Miriam. Los he visto. Pasé por Dan cuando venía de camino a Damasco. Estuve con ellos un par de días. Ellos están bien. Sufren tu ausencia; sin embargo, Dios los ha consolado. Tu madre sabe que regresarás algún día. No ha perdido la fe. Tu padre está un poco enfermo. Cansado, pero sigue adelante. Es un hombre valiente. Ha sabido luchar contra la adversidad y ha vencido.

—Anhelo tanto verlos. Ya casi no recuerdo sus rostros. Intento retener la imagen de ambos en mi memoria pero es difícil cuando ha transcurrido tanto tiempo.

—Pues tú eres el reflejo de tus padres. Eres hermosa como Ana. Tienes su ternura y su humildad. Pero también eres valiente y luchadora como tu padre. Las luchas de la vida y las dificultades no han podido contra ti. Estás de pie a pesar de todo lo que te ha tocado vivir.

—Jehová mi Dios me ha sostenido. Hubo momentos en los que pensé que moriría a causa del dolor y la angustia. Pero su mano me sostuvo. Al comienzo, el temor hizo presa de mí. La incertidumbre por lo que sucedería me aterrorizaba. Las noches eran interminables. Mi corazón se llenó de odio y rencor. Pero el Señor es fiel y obró en mi favor desde un principio. Él me trajo a esta casa con un plan perfecto. Además, limpió mi corazón poniendo amor en lugar de odio, paz en lugar de aflicción. Fue él quien me dio la libertad. Él me dio la verdadera libertad. Y más aún, me ha premiado con una familia maravillosa. Llegué aquí como una simple esclava. Hoy Dios me ha honrado. En toda Siria soy reconocida como la hija del general.

—Tu vida cambió bruscamente cuando Naamán fue sanado ¿verdad?

—Sí. El cambio más importante, al menos para mí, ha sido el hecho de que en esta casa solo Jehová es Dios. Mis padres han sacado toda imagen y han dejado de adorar a Rimón. Eso me ha permitido honrar y adorar a mi Dios con libertad.

La conversación se extiende hasta altas horas de la noche. Miriam no deja de preguntar. Su corazón parece estallar de tanta felicidad. Está emocionada. Sabe que la venida de Eliseo puede ser la señal que indique su regreso a Israel.

CAPÍTULO

8

El regreso

Aquella noche, mientras Eliseo y Miriam conversan, Najla decide hablar con su marido acerca de los planes de su hija.

—Naamán—le dice—. Necesito hablarte.

—Dime, esposa mía, ¿qué pasa?

—Es Miriam, ella... Ella se siente triste.

—¿Triste? ¿Pero no la viste cómo estaba rebosante de alegría por la venida de Eliseo? ¿Cómo puedes decir que está triste?

—No, Naamán. A ella le pasa algo más que es necesario que sepas.

—¿Qué? ¿Le falta algo? ¿Se siente enferma? ¿Ha tenido algún problema con la servidumbre?

—No, ella está bien. Su tristeza tiene otro origen. Su tristeza es porque... quiere regresar a Israel.

—¿Regresar a Israel? Pero si aquí tiene todo lo que necesita. ¿Por qué querría regresar a Israel?

—Es natural, Naamán. Allá están sus padres. Su tierra. Es natural que quiera regresar. Hace tantos años que fue arrancada de los suyos. Sus padres ni siquiera saben si ella vive o no.

—¿Pero y nosotros?

—Ella nos ama. Pero no somos sus verdaderos padres. Miriam siente un vacío en su corazón. Necesita recobrar su identidad. Necesita ver a los suyos. Además, me prometió que regresaría. Algún día volverá. Y yo sé que cumplirá su promesa.

—Hablas como si no te importara que Miriam se aleje de nosotros.

—Sí me importa, amor mío. Y mucho. Pero me importa más que sea feliz. Además, siempre pensé que llegaría este momento. Tarde o temprano Miriam querría regresar a su hogar. Creo que Dios me ha preparado para este momento.

—Pero si lo que quiere es ver a sus padres, puedo disponer una caravana que vaya a buscarlos. Eso será mucho mejor. Tal vez ellos quieran venir a vivir aquí, a Siria, con Miriam y con nosotros. Hay suficiente espacio en la casa para todos. Y si es necesario les construiré una casa sólo para ellos.

—No, Naamán. Ella quiere regresar. Necesita ver su antigua casa. Caminar por su tierra. Ver a su pueblo, ver a sus familiares. Necesita reconciliar su presente con su pasado. Su salida de Dan fue tan violenta. Miriam necesita alejarse de nosotros y ordenar sus sentimientos.

—No sé, Najla. Yo creo que si Miriam se va, nunca regresará.

—Naamán, Miriam dijo que no lo hará si tú no estás de acuerdo. Debes permitírselo.

—No lo sé, no lo sé. Lo voy a pensar. Ya veremos qué se hará al respecto —dice Naamán, con tristeza y dolor.

Aquella noche es difícil para todos conciliar el sueño. Najla piensa en la pronta partida de Miriam. Naamán no puede entender el deseo de la joven de regresar a Israel. Y piensa cómo dar una solución al problema. Miriam está feliz. Las imágenes, los pensamientos dan vuelta en su cabeza. Ya parece sentir la calidez del abrazo de su madre. Pero también sufre. Sufre por Najla y Naamán. Han sido tan buenos con ella. Siente que los defraudará al dejarlos. Pero su anhelo de regresar es fuerte, más ahora que ha hablado con el profeta y que sabe que sus padres viven y que esperan que algún día regrese.

—¡Dios mío! —clama—. Haz todo según tus designios. Quiero hacer lo correcto. Quiero hacer tu voluntad.

Por la mañana, Naamán llama a Miriam. Necesita hablar con ella.

—Miriam. ¿quisieras acompañarme al jardín?

El padre está serio y callado. Hace mucho tiempo que la joven no veía su semblante tan desmejorado. Además, ha vuelto a tener esa dureza en su rostro. Ambos salen al jardín. Es el lugar predilecto de Miriam. Caminan entre las flores y Naamán comienza diciendo:

—Tu madre ha hablado conmigo. Dice que quieres regresar a Israel. ¿Es verdad eso?

—Sí, padre. Quiero volver a mi tierra, quiero ver a mis padres. Necesito hacerlo.

—¿Qué pasará con nosotros?

—A ustedes los seguiré amando como hasta ahora. Estoy muy agradecida por todo lo que han hecho por mí. Pero necesito regresar. Debo volver a casa. Debo asegurarme de que mis padres estén bien. Pero le he dicho a mi madre que si tú no estás de acuerdo, no iré.

—No estoy de acuerdo, Miriam. No quiero que vayas. Es peligroso. Además, ¿sabes el dolor que nos causarías? Claro que no estoy de acuerdo. No puedo estarlo. He pensado, he tratado de encontrar una salida a esta situación. Le hablé a tu madre de la posibilidad de traer a tus padres aquí. De que ellos vengan a Damasco a vivir junto a ti pero Najla dice que sólo quieres regresar y no, no estoy de acuerdo.

El corazón de Miriam se acelera. Está confundida por la reacción de Naamán. ¿Será posible que la retenga en contra de su voluntad?

¿Será posible que le impida regresar a Dan? Pero Naamán continúa hablando:

—Sin embargo, hace algunos años lo dije claramente. No eres una esclava. Eres mi hija. Y como tal, tienes derecho a escoger tu destino. Más aún si este está dirigido por Jehová, nuestro Dios. Si esta es la voluntad de nuestro Padre celestial no hay nada más que hablar. Regresarás a Israel. Pero, debo estar seguro de que es Dios quien quiere que regreses. Por la noche hablaremos de esto con Eliseo. Él decidirá lo que se deba hacer.

Miriam, mira con ternura a Naamán. Desde que él la adoptó como su hija, ella ha sentido su afecto, su cariño. Pero es la primera vez que lo ve como a un verdadero padre. Y necesita decirlo.

—Dios ha sido tan bueno conmigo. Tengo a mi padre Rubén en Israel. Y a otro tan maravilloso como él, pero aquí en Siria. ¿Quién puede gozar de una bendición así? Luego continúa diciendo:

—Gracias. Gracias por entenderme, padre mío.

—No quiero que algo malo te suceda hija, es sólo eso. Los tiempos son tan peligrosos.

—Lo sé, padre. Sé qué lo único que anhelas es lo mejor para mí. Sé que es esa tu motivación y lo agradezco.

Miriam abraza a Naamán. Por primera vez ve a su padre llorar. Cuando se da cuenta de sus lágrimas, lo mira con asombro. Se siente culpable de esas lágrimas por lo que le suplica:

—Padre, ¿estás llorando?, No, por favor no lo hagas. No quiero causarte dolor. Ni a ti ni a mi madre. Eso no me lo perdonaría.

—Déjame, hija. Si lloro es de gratitud a Dios, a ti. Tú me devolviste la esperanza, la fe. Doy gracias a Dios por haberte traído a nosotros. Espero que Dios compense a tus padres por todo este tiempo que no te han tenido cerca.

—Seguro que sí. Dios es fiel y justo.

Naamán seca sus lágrimas y le dice a su hija:

—Vamos, vamos adentro. No quiero que estés triste. Debemos estar felices. Dios ha sido demasiado bueno con nosotros. Anda, ve a ayudar a tu madre. Ya querrás contarle que esta noche Eliseo decidirá lo de tu viaje a Israel ¿verdad?

Ambos sonríen. Naamán sabe de la complicidad que existe entre ambas. Miriam corre hacia la casa. Se siente dichosa y agradecida a Dios. Naamán la mira correr y sufre. Desde ya sufre su partida. La muchacha se ha encargado de ganar su cariño. Ha sido capaz de hacer florecer los sentimientos más nobles en el corazón del general. Ella, sin duda, ocupa y ocupará siempre un lugar de privilegio en el corazón de Naamán.

Al día siguiente, dan aviso al rey Ben-adad de que Eliseo está en casa de Naamán. Ben-adad está muy enfermo y teme morir a causa de la enfermedad. Entonces decide enviar a Hazael su siervo, para hablar con Eliseo.

—Dime, mi señor ¿en qué te puedo servir? —dice Hazael al rey.

—Me han dicho que Eliseo está en Damasco y que se hospeda en casa de Naamán. Toma en tu mano un presente y ve a dar la bienvenida al varón de Dios y consulta por él a Jehová, diciendo: «¿Sanará mi señor el rey de su enfermedad?»

—Como tú digas, señor. Iré inmediatamente.

Entonces Hazael, tomó en su mano un presente de entre los bienes de Damasco. Cuarenta camellos cargados. Y se fue a casa de Naamán. Cuando llegó, se puso delante de Eliseo y le dijo:

—Tu hijo, Ben-adad, rey de Siria me ha enviado a ti diciendo: «¿Sanaré de esta enfermedad?»

A lo que Eliseo responde:

—Ve, y dile: «Seguramente sanarás. Sin embargo, Jehová me ha mostrado que de igual modo morirás».

Luego, Eliseo, queda mirando fijamente a Hazael, al punto de que este se incomoda. Entonces, Eliseo se echa a llorar. Dios le está revelando las verdaderas intenciones del corazón de Hazael quien, sorprendido a causa de las lágrimas del profeta, le pregunta:

—¿Por qué llora, mi señor?

—Porque sé el mal que le harás a los hijos de Israel. Vas a incendiar sus fortalezas y vas a matar a sus jóvenes a filo de espada; despedazarás a los niños y les abrirás el vientre a las mujeres embarazadas.

Hazael reacciona, diciendo:

—Yo soy sólo un pobre perro, un servidor suyo. ¿Cómo podré yo hacer al mal?

—El Señor me ha revelado —le dice Eliseo— que vas a ser rey de Siria.

Hazael se siente confundido. Eliseo parece poder ver aún lo más íntimo del corazón. Luego, y sin pronunciar palabra alguna, el hombre se despide de Eliseo y regresa al palacio. Una vez allí, se dirige a hablar con el rey, a quien le dice:

—Eliseo ha dicho que sobrevivirás a esta enfermedad.

Con esa respuesta, Ben-adad quedó tranquilo. Sin embargo, Eliseo ha quedado consternado por lo que Dios le ha revelado sobre el daño que Hazael le haría al pueblo de Israel.

Aquella noche, después de la comida, Naamán le menciona al profeta el deseo de Miriam de regresar a su casa en Dan.

—Eliseo —le dice—, necesitamos tu consejo sobre una situación que se nos presenta. Miriam anhela regresar a su país. Yo daré mi consentimiento sólo si estoy seguro de que esa es la voluntad de Dios para ella. Por lo tanto, te ruego que nos declares si Miriam debe regresar a su hogar en Dan.

Eliseo, quien ya sabía de las intenciones de la joven responde dirigiéndose directamente a Miriam:

—Hija mía. Dios te trajo a este país con un propósito. El plan de Dios se ha cumplido paso a paso. Ahora es el tiempo en que puedes regresar a tu país. Pero no te quedarás allí para siempre. Debes saber que para nuestra nación vienen tiempos duros. Habrá mucho dolor en Israel en los próximos años.

Luego se dirige a Naamán:

—Mañana tu rey morirá. Será Hazael quien usurpará el trono. Este hará gran daño a mi pueblo. La vida de Miriam correrá gran peligro si se queda en Dan. Pero ella debe ir. Su padre está enfermo y morirá pronto. Ana, la madre de Miriam, necesita de ella. Debes permitirle ir a su pueblo.

—Muy bien —responde Naamán—. Si Miriam debe ir a su pueblo, si esa es la voluntad de Dios pues que así sea. Te ruego entonces, padre mío, que me declares cuándo regresarás a Israel, y que permitas que Miriam se una a tu caravana. Esto me dará mayor tranquilidad.

—Que así sea —responde Eliseo—. Miriam regresará con nosotros. Te declararé con anticipación el día de mi regreso.

Luego el padre, ya resignado, le dice a su amada hija:

—Pediré a Eliel que regrese contigo. Si Bhila quiere acompañarte, puede hacerlo también. Una guardia de soldados les acompañará hasta la frontera pero cuando regreses, que espero sea pronto, deberás hacerlo sola. No olvides usar tu anillo familiar mientras estés en Siria. Eso puede salvar tu vida y la de quienes vengan contigo. No dudes en traer a tus padres. Esta es su casa también. Y ellos serán bien recibidos aquí.

Desde ese mismo momento, Miriam y su familia comienzan a preparar el viaje. Najla piensa que es bueno que Miriam aproveche el regreso de Eliseo a Israel y que le acompañe. Por supuesto que no está feliz de que Miriam se vaya, pero sí está en paz. Está segura de que se está haciendo la voluntad de Dios.

Al día siguiente, llega un emisario del palacio. Trae un mensaje urgente para Naamán. El rey ha muerto. Naamán se dirige rápidamente al palacio para enterarse de los hechos. Es Hazael quien lo recibe. El hombre ha usurpado el trono. Ya nada se puede hacer.

Naamán no entiende lo que ha sucedido. Sabía que el rey moriría porque Eliseo se lo había dicho la noche anterior. Pero no sabe exactamente lo que sucedió. Cuando llega a su casa le cuenta a Eliseo sobre los últimos sucesos.

—Mi señor —le dice—, vengo del palacio. Como lo habías anunciado, el rey ha muerto. Pero nadie sabe cómo fue. Hazael ya se ha autoproclamado rey.

Eliseo le revela a Naamán lo que ha sucedido.

—Ha sido Hazael, Naamán. Él le ha quitado la vida a Ben-adad. Por la mañana tomó una sábana mojada y ahogó al rey con ella. Esto es lo que Dios me ha revelado.

Naamán se siente sorprendido e impotente ante el proceder de Hazael. Pero nada puede hacer al respecto.

En las semanas siguientes, la situación política de Siria se complica. Naamán sigue muy preocupado, especialmente porque sabe lo que Hazael le hará al pueblo judío. Le preocupa que Miriam regrese a Israel justo en este momento.

Najla también siente temor por Miriam. Eliseo ha dicho que su vida correrá peligro si se queda en Dan. Eso la ha inquietado mucho. A medida que pasan los días y la hora de la partida se acerca, Najla se siente más y más inquieta. No deja de orar. Cada día, cada noche. Le ruega a Dios que proteja a Miriam en su viaje. Y que la traiga pronto de regreso.

Después de unos días, Eliseo anuncia que es tiempo de partir.

Y así se lo comunica a Naamán:

—Mi labor ya ha sido cumplida en Damasco. Creo que podremos emprender el viaje en un par de días.

Naamán y Najla sienten que el corazón se les parte en dos. El anuncio de Eliseo indica no sólo su partida sino también la partida de Miriam.

—Muy bien, mi señor. Entonces, prepararemos la partida de Miriam.

Najla no puede evitarlo, las lágrimas se agolpan en sus grandes ojos y llora.

—Najla —dice Eliseo—. Sé que será difícil pero debes confiar en Dios. Miriam regresará.

—Lo sé, mi señor, pero no es fácil dejarla partir. Miriam trajo la felicidad a mi vida. Ella puso luz en mi oscuridad. Yo vivía sumida en la tristeza y en la soledad. Miriam llenó mis brazos vacíos y ahora nos deja. Ha sido tan breve el tiempo que he podido disfrutar de su cariño.

—Fue Dios quien lo hizo, Najla —dice el profeta—. Dios trajo libertad a tu vida a través de la vida de Miriam.

—Por mi parte, lamento no haber tenido el tiempo suficiente para compensar en alguna manera todos los sufrimientos que le causamos al sacarla de su hogar y de su familia en la forma que lo hicimos. Para ella fue muy duro. ¿Cómo pudimos, Dios mío?

—Naamán, te lo dije anteriormente. Esto estaba en los planes de Dios. Si las cosas no hubiesen sido así, tú no hubieses sanado de la lepra. Y nunca hubieses entendido que sólo Jehová es Dios en toda la tierra.

—La sanidad de la lepra fue muy importante para mí y para mi familia; sin embargo, la verdadera sanidad que recibí fue la del alma y del espíritu. Cuando aquella mañana salí del agua, yo era un hombre nuevo. Dios se encargó de borrar la lepra que había en mi corazón. Entonces, pude darme cuenta de que Miriam no era la esclava sino que lo era yo. Esclavo del orgullo y de la soberbia. Esclavo del trabajo y de la ambición. Fui libre, mi señor, fui verdaderamente libre.

—Esa es la libertad que sólo Dios puede dar al hombre, Naamán. Ustedes fueron tremendamente bendecidos con la venida de Miriam, pero ella ha sido tremendamente bendecida también en esta casa, y Dios usará sus vidas aún más en beneficio de ella y de los suyos.

—Sí, mi señor, eso espero —responde Naamán.

Los dos días siguientes pasan demasiado rápido para los padres de Miriam. Esta es ya la última noche de Miriam en casa de Naamán y Najla. Por la mañana, temprano, emprenderán el viaje de regreso a Israel.

Eliel está listo para acompañar a su prima. Él también está emocionado. Gracias a Miriam ha recuperado su libertad y va de regreso a su hogar.

—¿Cómo estarán mis padres? –le comenta a Bhila–. ¿Vivirán aún?

–Ellos estarán bien. Y tu regreso será una gran alegría para toda tu familia.

—Sí, anhelo tanto verlos a ellos y a mis hermanos. De seguro que los más pequeños serán ya hombres y ayudarán a su padre en el trabajo. ¡Qué emocionante será verlos después de tanto tiempo!

Bhila, por su parte, ha decidido quedarse en Siria. Ella no tiene padres o familia que la esperen en Dan. En casa de Naamán se siente querida y segura. Sí. Se quedará.

El ambiente en la casa es triste. Es tiempo de despedidas. Miriam se dirige al cuarto de Lina quien, en silencio, permanece sentada en un rincón de la habitación. Se ve triste, como sumida en sus pensamientos.

Miriam abre la puerta lentamente.

–Permiso, ¿puedo pasar?

–Por supuesto. Pensé que no vendrías a despedirte.

Miriam se sienta a su lado.

—¿Realmente pensaste que me iría sin despedirme de mi mejor amiga?

—No lo sé. Estás tan emocionada por tu viaje a Israel que podrías haberlo olvidado.

La joven se limita a sonreír. Sabe que Lina está triste por su pronta partida.

—¿Te acuerdas cuando dormía aquí? ¿Al lado tuyo? Tantas veces que tuviste que soportar mis llantos y mis pesadillas. Te levantabas y me dabas tranquilidad. Y cuando hacía algo indebido me llamabas la atención. Siempre reprendiéndome, igual a mi madre. ¡No corras, Miriam! ¡No corras! Y cuando te contaba sobre mi casa en Dan y sobre Eliseo y sobre mis padres. ¡Pobrecita! Tanto tiempo que tuviste que soportarme.

Miriam ríe. Intenta que el momento no sea tan triste. Lina no siente muchos deseos de sonreír. Y le reclama a su amiga.

—No entiendo, Miriam. ¿Por qué nos dejas? ¿Acaso no eres feliz aquí? ¿No nos amas?

—Claro que soy feliz, Lina, y los amo con todo mi corazón, pero debo hacerlo. Se trata de mis padres. Ellos me necesitan. El profeta ha dicho que mi padre morirá pronto. Anhelo verlos, Lina. Quiero abrazar a mi madre, recuperar algo del tiempo perdido con ellos. Además, no me perdonaría estar lejos de ellos cuando mi padre muera. Recuerda que yo soy su única hija. Mis padres ya habían perdido a mi hermano mayor. Imagino lo que sería para ellos cuando fui capturada. Lo último que recuerdo de ellos es su voz gritando tras de mí. Tengo que regresar, Lina, tengo que hacerlo.

—La tristeza volverá a esta casa. Después de tu partida todo será igual que antes —responde Lina, angustiada.

—Debes entender que nada será igual que antes. Los cambios que se produjeron en esta casa no fueron hechos por mí. Fue Jehová Dios.

Y ahora, Él gobierna en este hogar. Me iré, es cierto, pero su bendición permanecerá para siempre en esta familia. Y yo regresaré. Lo prometo, mi querida amiga. Regresaré.

—Sólo lo dices para darme tranquilidad. Pero quiero que sepas que aquí estaré, esperando tu regreso.

Las amigas se abrazan. Lloran juntas por unos momentos y luego Miriam se pone de pie. Es hora de retirarse.

—Buenas noches, Lina. Mañana espero verte antes de partir.

—Allí estaré —dice Lina, con profunda tristeza.

Naamán y Najla están esperando a Miriam en la sala. La joven los mira atentamente como queriendo retener la imagen en su retina. Luego dice:

—¡Qué diferente es mirarlos hoy! Cuando los vi por primera vez sentí tanto miedo. Lo único que anhelaba era escapar de ustedes y de esta casa. Ahora, en cambio ¿por qué me cuesta tanto dejarlos? Siento un deseo enorme de regresar a Dan, pero mi corazón se está destrozando por tener que separarme de ustedes.

Miriam corre a los brazos de quienes se han vuelto parte importante de su vida. Najla llora desconsolada, mientras repite una y otra vez:

—Tienes que regresar, hijita, tienes que regresar. Tu padre y yo te estaremos esperando. No lo olvides.

—Sí, madre, regresaré. Algún día regresaré.

—Muy bien —dice Naamán—. Basta ya de lágrimas. Hay que ir a descansar. Mañana Eliseo quiere partir muy temprano. Antes de dormir haremos una oración.

Toma de los hombros a su esposa y a su hija. Hasta ahora, siempre ha sido Miriam quien ora. Pero esta vez, Naamán decide que será él quien eleve una oración a su Dios.

Y lo hace con estas palabras:

«Jehová, Dios mío. Najla y yo estamos agradecidos de que enviaras a Miriam a nuestras vidas. Ella ha sido una regalo tuyo para nuestro hogar. Miriam nos ha traído tu luz.

Ahora ella regresa a su pueblo y a su familia. Te pedimos que guardes su vida y que muy pronto la traigas de regreso a nosotros. Amén».

Luego de esta sencilla oración, la familia se va a descansar. Será difícil poder dormir. Pero es necesario intentarlo.

Al día siguiente. Miriam se levanta temprano para emprender el viaje. A través de la ventana de su habitación mira por última vez el jardín. Observa su cuarto y cada una de las cosas que allí hay. No quiere llevar nada pues guarda en su corazón la esperanza de poder regresar algún día. Además, en Israel no necesitará los hermosos vestidos que Najla le ha comprado. Sólo llevará lo necesario.

Sale de su habitación y se dirige a la cocina. Allí Lina la espera para despedirse. Se dan un gran abrazo. No hay palabras. Ya no es necesario. Ya se han dicho todo. El cariño es suficiente como para expresarlo en una mirada. Sólo hay un susurro de parte de ambas.

—Gracias –dice Miriam, muy despacio—. Muchas gracias.

—Regresa —le contesta Lina, con la voz entrecortada.

Se han reunido todos los sirvientes de la casa. Quieren verla por última vez. Ella ha sido uno más de ellos. ¡Los conoce tan bien a todos! Han compartido tantas cosas. Alegrías y tristezas. Las comidas y hasta los miedos. Miriam los llevará en su corazón.

La joven toma su tiempo para despedirse de cada uno. Luego, se dirige a Bhila.

—Bhila, ¿estás segura? ¿No quieres regresar?

—No, Miriam, no regresaré. No tengo nada allá. Aquí tengo una vida, amigos y un futuro. Saluda de mi parte a tus padres y a nuestros familiares. Diles que estoy bien. Que Dios ha sido fiel. Tal vez algún día vaya a visitarles.

—Está bien. Daré tus saludos. Tú, sólo sé feliz —le dice Miriam mientras se acerca a su compañera y le da un gran abrazo.
—Dios te acompañe.
—Que el Señor sea contigo.
—Ya es hora, Miriam —dice Naamán, desde fuera de la casa—. Vamos hija, apresúrate. La caravana sólo espera por ti.

Miriam sale y mira por última vez a Najla. No puede retener las lágrimas. La abraza fuertemente y se despide.

—Adiós, madre mía. Te llevo en mi corazón. Mis pensamientos son tuyos. No lo olvides, yo te amo; y cada día elevaré al cielo una plegaria por ti. Cada mañana Dios oirá tu nombre salir de mi boca. Rogaré por ti, madre. Siempre lo haré.

—Adiós, mi pequeña. No olvides que te estaré esperando. Gracias por la dicha que trajiste a esta casa. Y que Dios te acompañe.

Miriam se dirige a Naamán. Este intenta ser fuerte pero se le hace difícil hablar.

—Miriam, recuerda que los soldados les acompañarán hasta la frontera. Además van dos de nuestros siervos. Ellos, son ahora tus siervos. Eliel va al frente de la caravana. Llevas algunos caballos y camellos cargados de plata, telas y algunos presentes para tus padres.

—¡Pero no era necesario!

—Calla. Lo que nos has dejado no se compara a bienes materiales. Conocer al Dios verdadero, mi sanidad, la paz en mi hogar. Ha sido tanto Miriam. Nos diste tanto, hija mía. No hay como recompensar. Rogaré al Señor que te traiga pronto de regreso. Espero que al llegar, tus padres estén bien. Dios vaya contigo.

Le da un beso en la frente y la despide. Luego el general, aún muy emocionado, se acerca a Eliseo.

—Padre mío. Estoy preocupado por la seguridad de Miriam. Dijiste que corría peligro si se queda en Dan. Te ruego que hables con ella y con sus padres y les hagas entender el peligro que corren.

—Lo haré, Naamán. Lo haré. Pero serán ellos los que decidan.

—Gracias, mi señor. Espero volver a verte algún día.

—No lo sé, Naamán. Ya estoy viejo y cansado. La hora de mi partida está cercana. Moriré pronto.

—Dios nos conceda tenerte por muchos años más.

—Te bendigo, Naamán, por todo el bien hecho a esta criatura y por todo el bien que le harás a ella y a nuestros hermanos en el futuro. El Señor sea contigo, hijo mío.

La caravana comienza a moverse. Najla llora mientras ve a Miriam alejarse por el camino. Permanece parada allí, mirando fijamente. Aunque los carros y caballos ya no se ven, sigue ahí. Naamán intenta llevarla adentro de la casa, pero no lo consigue.

—Déjame, déjame verla por última vez. Déjame guardar de recuerdo este último instante.

—Regresará, Najla. Miriam regresará. Eliseo lo dijo. Ella regresará.

—Eso espero, amor mío. Eso espero.

Miriam mira a su alrededor. Va acompañada por una gran caravana. Los soldados que antes fueron sus captores, ahora son sus escoltas. Los que antes le causaron daño, ahora la protegen. Vino a Siria con las manos vacías. Regresa a Israel con las manos llenas.

Mira atrás por última vez y dice en voz baja:

—Adiós, adiós mis amados padres. Espero regresar. Les amo y nunca los olvidaré. Que Dios sea con ustedes.

Luego mira adelante. Hacia su hogar. Hacia su amado Israel. Y dice:

—Aquí voy, madre. De regreso a casa. Llegaré pronto.

Así fue la partida de Miriam. Desde que se fue, ha pasado ya bastante tiempo y nada se ha oído de ella en Siria. Hazael reina en lugar de Ben-adad. Israel ha comenzado a ser invadido por los sirios. Son tiempos muy duros para el pueblo de Dios. No puedo decirles si Miriam regresará o no a Damasco. Tal vez lo haga algún día. Tal vez Najla pueda volver a ver su rostro. Tal vez vuelva a correr por la casa llenándola de alegría. Tal vez recorra el jardín cantando y alabando a su Dios. Tal vez, no lo sé. Pero mientras tanto yo seguiré aquí, esperando su regreso.

Naamán